des princesses

Princesse Charmante

Dans la même collection :

Dans ses petits souliers

Miroir... Miroir...?

Tour de magie

Belle sort ses griffes

L'École des princesses

Princesse Charmante

Jane B. Mason ❧ Sarah Hines Stephens

Texte français d'Isabelle Allard

Éditions
■SCHOLASTIC

Pour nos propres reines mères, qui font la loi.
— J.B.M. et S.H.S.

Catalogage avant publication de Bibliothèque
et Archives Canada

Mason, Jane B.
Princesse Charmante / Jane B. Mason et
Sarah Hines Stephens;
texte français d'Isabelle Allard.

(L'École des princesses)
Traduction de : Princess Charming.
Pour les 8-11 ans.
ISBN 0-439-94819-3

I. Hines-Stephens, Sarah II. Allard, Isabelle
III. Titre. IV. Collection : Mason, Jane B.
École des princesses.

PZ23.M378Pr 2005   j813'.54
C2005-903062-3

Édition publiée par les Éditions Scholastic,
175 Hillmount Road, Markham (Ontario) L6C 1Z7.

5 4 3 2 1   Imprimé au Canada   05 06 07 08

Chapitre 1

Coup dur

— Ouille! fait le prince Stéphane en tombant de son coursier et en atterrissant sur la pelouse avec un bruit sourd.

— Oups! Excuse-moi, dit Raiponce Roquette, qui vient de le désarçonner.

Elle saute de sa monture et tend la main au prince.

— Je ne voulais pas te frapper si fort, dit-elle en remettant sa lance sur son épaule d'un geste gracieux.

Refusant l'aide de son amie, Stéphane se remet debout en se frottant l'épaule.

— Ce n'était pas si fort que ça, dit-il avec une grimace. Ça ne fait pas mal.

Raiponce hausse les sourcils en jetant un coup d'œil à Cendrillon Lebrun, Rose Églantine et Guillaume Patenaille, que ses amis appellent Pat. Ces derniers sont assis à l'ombre d'un citronnier, devant le château de Stéphane, et regardent le prince et Raiponce s'entraîner à la joute. Rose dissimule un sourire derrière sa main, mais Pat éclate de rire.

Raiponce a mauvaise conscience. Le coup n'était peut-être pas très fort, mais elle a frappé Stéphane au même endroit à au moins vingt reprises ce matin, en le désarçonnant chaque fois. Elle est certaine qu'il a mal. Et pas seulement à l'épaule. Stéphane est un vaillant combattant, connu pour son orgueil.

— Il va falloir que tu réagisses plus rapidement pendant le tournoi, dit Pat à son ami. Heureusement que Raiponce ne fréquente pas notre école. Si c'était le cas, tu ne serais peut-être pas le favori des compétitions!

Raiponce sourit. Il y a eu une période où elle souhaitait plus que tout fréquenter l'École de charme pour garçons, où Stéphane et Pat sont en deuxième année. Mais c'était avant qu'elle commence à s'amuser à l'École des princesses, avant de rencontrer Cendrillon, Blanche et Rose, qui sont avec elle en première année.

Elle recule son coursier maison en position de départ, au sommet de la pente. Elle tapote la vadrouille qui fait office de tête et s'apprête à sauter de nouveau en selle sur le tonneau pour un autre combat. Elle ne dit rien, mais ne peut pas réprimer un sourire. Pat a raison. Stéphane est sans contredit le meilleur jouteur de sa classe. Il est le favori des épreuves éliminatoires cette année et a de bonnes chances de remporter le titre lors du tournoi de joute. Mais c'est Raiponce qui l'entraîne. Et elle s'en tire très bien.

— On recommence? lance-t-elle à Stéphane.

Le jeune homme se penche pour reprendre son bouclier. Quand il se relève, il semble avoir retrouvé toute son énergie. Raiponce doit le reconnaître : le fier prince est toujours prêt à relever un défi, même après s'être fait désarçonner pendant des heures. Et comme le tournoi aura lieu dans un peu plus d'une semaine, il doit saisir toutes les occasions de s'exercer... même s'il refuse d'admettre qu'il en a besoin.

Le jeune homme remonte en selle.

— En garde! crie-t-il.

— Cette fois, je veux que tu essaies de frapper le bas de mon bouclier, au centre, lui dit Raiponce. Vise le bas du blason.

Leurs boucliers et leurs lances ne sont, en fait, que des planches et des manches à balai. Mais l'équilibre et les coups sont les mêmes. Stéphane voulait s'entraîner avec de véritables chevaux, boucliers et armes. Mais son père a refusé, de crainte qu'il ne les endommage.

— L'an prochain, lui a-t-il déclaré. Tu manques encore d'expérience.

Évidemment, cette réponse a irrité Stéphane. Raiponce croit secrètement que cela donne un avantage à son ami puisqu'il a encore plus envie de réussir. Non pas que le prix accordé au vainqueur du tournoi ne soit pas une motivation suffisante : le gagnant se verra accorder l'accès illimité aux écuries de Pigastrelle, les plus impressionnantes écuries du royaume. Elles accueillent des douzaines de chevaux de selle bien entraînés, tels des quarterhorses, des Morgans et des pur-sang arabes. Elles sont entourées de sentiers de balades et de manèges. Les élèves de la classe du gagnant auront droit à une visite, à un cours sur l'entretien des chevaux et à une promenade à cheval. Raiponce sait que Stéphane souhaite gagner non seulement pour le prix, mais aussi pour faire ses preuves aux yeux de son père. Elle sait aussi, pour l'avoir constaté elle-même, qu'il a fait beaucoup de progrès. Il sera un compétiteur redoutable.

Tenant son bouclier à hauteur de l'épaule, sans trop serrer, Raiponce éperonne son « cheval » et le fait rouler en direction de Stéphane. Ce dernier fait ce qu'elle lui a ordonné, et lui assène un coup solide au centre du bouclier avec sa lance. Si elle l'avait tenu plus fermement, elle se serait fait désarçonner. Mais elle réussit tant bien que mal à maintenir son équilibre.

— Joli coup! le félicite-t-elle.

— J'espère que je ne t'ai pas frappée trop fort, dit Stéphane d'une voix où transparaît la fierté.

— Je ne suis pas tombée par terre, n'est-ce pas? rétorque-t-elle. Mais je pense que ce coup était suffisant pour désarçonner un prince. Parlant de prince, ajoute-t-elle en se tournant vers Pat, veux-tu essayer?

— Contre toi? Jamais de la vie! s'écrie Pat en se pressant davantage contre le tronc du citronnier.

Cendrillon et Rose éclatent de rire.

— Contre le favori, alors? insiste Raiponce. Tu as l'intention de participer au tournoi, non?

Pat hausse les épaules.

— Tous les princes y participent. Je suppose que je n'ai pas le choix.

Il se lève et étire ses longs membres, puis prend le

manche à balai et le bouclier des mains de Raiponce.

— Je crois que je vais faire une petite joute d'essai contre Stéphane, dit-il en poussant le « cheval » sur le sentier.

Il enfourche sa monture et manque d'arracher la vadrouille qui sert de crinière.

De l'autre côté du terrain, Stéphane secoue la tête :

— Je te prie de m'excuser à l'avance, mon vieux, dit-il d'un ton arrogant.

Raiponce prend place auprès de Rose et Cendrillon.

— Où est Blanche? demande-t-elle, remarquant soudain l'absence de la jeune fille à la peau claire.

— Elle est en retard, dit Rose en haussant les épaules. Elle arrivera sûrement bientôt.

— Est-ce que Stéphane est vraiment le favori du tournoi? demande Cendrillon.

— Je croyais que les Charmant gagnaient toujours! ajoute Rose.

— C'est vrai qu'ils gagnent souvent, dit Raiponce. Laurent Charmant a été le vainqueur des deux dernières années. Il est le plus jeune prince à avoir remporté ce tournoi. Il a ravi le titre à l'aîné des Charmant lorsqu'il était en deuxième année. On raconte qu'Hugo va détrôner son frère cette année. Il y a aussi un nouvel élève de quatrième année, Émile Pantaléon, qui est très doué pour le combat. Mais Stéphane a d'excellentes chances si... s'il arrête de se prendre pour ce qu'il n'est pas, conclut-elle en jetant un regard à Stéphane, assis le dos ridiculement raide sur sa selle, toisant Pat comme

5

s'il était son pire ennemi.

— Pat n'est donc pas une menace? demande Rose.

— Seulement pour lui-même, dit Cendrillon en riant.

Pat a réussi à se coincer la cheville dans l'étrier. La tête baissée, il fonce tout droit sur le manche à balai de Stéphane.

Raiponce a un mouvement de recul quand les deux princes se percutent avec un bruit mat. Une seconde plus tard, Pat se retrouve par terre, son bouclier sur la figure et son pied toujours coincé dans l'étrier. Heureusement, ses jambes sont si longues que son torse peut reposer en toute sécurité sur le gazon.

Cendrillon et Rose se lèvent d'un bond pour l'aider à sortir de cette mauvaise posture. Stéphane met pied à terre et commence à parader, fier comme un paon, en brandissant sa lance dans les airs.

— Je peux terrasser n'importe quel prince, n'importe où, n'importe quand! se vante-t-il en gonflant la poitrine.

Raiponce a un petit sourire ironique et lance un regard entendu à Cendrillon.

— Et n'importe quelle *princesse*? réplique Rose d'un air narquois. Je ne t'ai pas vu désarçonner ton instructrice aujourd'hui. Au fait, toutes ces habiles manœuvres d'attaque, ne les as-tu pas apprises d'elle?

— Mais bien sûr que je n'ai pas désarçonné Raiponce, dit Stéphane avec une expression surprise et horrifiée. Mais ça ne fait pas d'elle une meilleure combattante. Ça signifie simplement que je suis bon prince.

Raiponce en reste bouche bée.

— Voudrais-tu insinuer que tu y es allé doucement avec moi? Que tu n'as pas combattu de ton mieux? Aurais-je perdu mon temps à t'entraîner pendant un mois? ajoute-t-elle en le toisant, les mains sur les hanches.

Cendrillon, Pat et Rose les regardent tour à tour. Stéphane avale sa salive.

— Tes mouvements d'attaque sont parfaits, dit-il. J'apprécie beaucoup que tu m'aides à m'entraîner. C'est seulement que je dois te laisser gagner parce que... eh bien, parce que tu es une princesse. Ne te sens pas visée personnellement. De plus, n'importe quel prince de l'École de charme pourrait battre une élève de l'École des princesses.

Trois paires d'yeux de princesses sont fixées sur lui. Le jeune homme, embarrassé, regarde Pat pour obtenir son soutien.

— C'est vrai, non? lui demande-t-il.

Pat lève les mains en reculant. Il ne veut pas être mêlé à cette discussion.

Raiponce expire lentement par le nez. Si elle était un dragon, elle soufflerait du feu. Elle est habituée aux vantardises et aux taquineries de Stéphane, mais cette fois, c'est différent. Il est sérieux.

— Je peux affronter n'importe quel prince de l'École de charme et le vaincre au cours d'un combat loyal, déclare-t-elle d'une voix égale. Cela n'a rien à voir avec le fait d'être une princesse, et tout à voir avec le fait d'être une jouteuse hors pair!

Stéphane recule d'un pas.

— Écoute, même si tu étais la meilleure combattante du royaume, tu ne pourrais pas le prouver, dit-il d'un ton sérieux. Aucun prince n'accepterait de prendre les armes contre une princesse.

Raiponce grince des dents, ne sachant quoi répondre. Elle serre les poings. Elle voudrait sauter sur son cheval-tonneau et renverser Stéphane avec tant de force qu'il mettrait plusieurs minutes à se relever. Mais au fond d'elle-même, elle sait qu'il a raison.

Le code de chevalerie observé par les garçons de l'École de charme leur interdit de prendre les armes contre une fille. En fait, il a fallu que Raiponce insiste pour que Stéphane accepte de s'entraîner avec elle. Elle a dû faire preuve d'habileté pour le convaincre, car il ne cessait de protester que c'était déplacé. Elle a dû évoquer toutes les fois où ils se sont amusés à croiser le « fer » avec des branches, quand elle s'évadait de sa tour, et lui rappeler son adresse avec une lance.

Quand les joutes ont commencé à l'École de charme, Stéphane a soudain voulu connaître toutes les tactiques et manœuvres novatrices de Raiponce. Il savait qu'il aurait besoin de toute la finesse possible pour affronter les muscles des élèves les plus costauds de son école. Ne voit-il donc pas qu'il en aurait aussi besoin pour la vaincre loyalement?

Avant qu'elle puisse trouver une réponse cinglante, une voix douce s'élève.

— Youhou! Désolée d'être en retard!

Une fille aux cheveux noirs apparaît au sommet de la colline et agite la main. Elle a la figure si rouge que Raiponce met quelques secondes à reconnaître Blanche.

La nouvelle venue descend vers eux en souriant.

— Est-ce que j'ai manqué quelque chose? demande-t-elle, hors d'haleine.

Chapitre 2

Un combat loyal

— Aaah! Comme ils sont prétentieux, ces princes! s'exclame Raiponce. J'enrage! Ils peuvent bien aller... aller...

Elle est si furieuse qu'elle ne peut même pas imaginer un endroit assez terrible pour les y envoyer.

— Et ils peuvent emmener leur stupide chevalerie avec eux! crie-t-elle.

La jeune fille s'éloigne si vite du château de Stéphane que Cendrillon, Blanche et Rose doivent presque courir pour la rattraper.

— Je peux accepter que certains princes soient de meilleurs jouteurs que moi, dit-elle. Mais je n'accepte pas qu'ils refusent de se battre loyalement avec moi. Comment savoir si je suis douée quand je n'ai aucune chance de combattre? ajoute-t-elle, les yeux embués, ce qui la met encore plus en colère.

— Pourquoi ne veulent-ils pas se battre avec toi? demande Blanche, encore essoufflée. Ont-ils peur?

— Probablement, dit Raiponce, qui ne peut pas

s'empêcher de sourire.

— C'est certain! renchérit Rose.

— Mais ce n'est pas la seule raison, reprend Raiponce en approchant du pont de bois branlant qui traverse le ruisseau du Troll. C'est à cause de mes cheveux, de ma robe, de tout! C'est parce que je suis une fille!

— Tu pourrais porter autre chose qu'une robe, dit Blanche, les yeux remplis de confusion.

Raiponce se tourne vers son amie. La pauvre Blanche a les joues roses et une expression perplexe. Ce n'est pas seulement un entraînement qu'elle a raté ce matin, mais toute une bataille! Elle mérite une explication. Mais à bien y penser, Raiponce aussi.

— Pourquoi étais-tu en retard, ce matin? demande-t-elle à Blanche en posant le pied sur le pont grinçant.

Soudain, une voix grave et rauque leur parvient de sous le pont.

Tu veux franchir mon pont?
Ce n'est pas gratuit!
As-tu des provisions?
Il t'en coûtera un fruit!

— À cause de lui, répond Blanche en désignant nerveusement les yeux jaunes qui les observent à travers les interstices des planches du pont.

Raiponce hoche la tête. Le troll du pont est vraiment casse-pieds.

— Je n'avais pas de fruit, ajoute Blanche. Enfin... c'est une longue histoire. Je ne pouvais pas traverser le pont, alors j'ai dû faire un détour jusqu'au carrefour. Et je n'ai pas un seul petit fruit pour traverser de nouveau.

— Ne t'en fais pas, dit Raiponce en plongeant la main dans les énormes poches de ses jupes.

Elle en tire quatre citrons qu'elle a cueillis dans l'arbre, chez Stéphane. Elle les lance au troll, qui en attrape trois dans ses mains brunes et rugueuses, et un dans sa bouche. Un instant plus tard, il recrache une bouchée de pulpe jaune et d'écorce amère.

— Des citrons! lance-t-il d'un ton hargneux. Je devrais vous faire traverser à la nage!

— Le prix du passage est un fruit, rétorque Raiponce en haussant les épaules. Tu n'as jamais dit lequel. En plus, les fruits aigres te conviennent à merveille.

Elle dépasse le troll grimaçant et fait signe à ses amies de la suivre.

Le troll est embêtant, mais elle sait qu'il n'est pas vraiment dangereux. Celui qui l'embête le plus, en ce moment, c'est Stéphane.

— Tu sais, Blanche, je crois bien que je vais changer de vêtements! dit-elle en avançant d'un pas lourd.

— Que vas-tu porter? demande Cendrillon en la regardant comme si elle avait perdu l'esprit.

— Une culotte de cheval et une armure! s'exclame Raiponce en sautant d'un bond sur une grosse souche. Si je ne peux pas participer au tournoi en tant que princesse, j'irai en tant que prince! Je vais obliger cette bande de prétentieux à se battre avec moi et à me considérer comme leur égale. Je vais tous les vaincre à leur propre tournoi et montrer à Stéphane que je suis la meilleure jouteuse du royaume!

— Raiponce en armure... Ce sera comme au bal masqué, dit Rose en souriant.

— Seulement, cette fois, *personne* ne doit me reconnaître, dit Raiponce d'un air grave. Je vais avoir besoin de votre aide.

Cendrillon la contemple toujours d'un air sidéré et Blanche fait signe à trois chevreaux qui s'approchent du pont. Par contre, Rose semble enthousiaste.

— C'est une bonne idée! s'exclame-t-elle. J'aurais dû y penser moi-même. Ce n'est pas que je sois une bonne jouteuse. Enfin, je le suis peut-être, je n'ai jamais essayé... enfin, tu sais ce que je veux dire. C'est parfait! Parfait pour toi, Raiponce.

— Après ma victoire, je pourrai te donner des cours, dit Raiponce. Après tout, le prix est l'accès illimité aux écuries de Pigastrelle.

Ces paroles attirent l'attention de Blanche.

— Toutes ces superbes bêtes... murmure-t-elle en approchant les mains de sa figure comme si elle caressait le museau d'un cheval. J'adorerais les rencontrer, ajoute-t-elle en soupirant.

— Ton projet me paraît dangereux, dit doucement Cendrillon.

Raiponce et Rose hochent la tête en souriant, de toute évidence emballées par cette idée.

— Es-tu certaine que c'est ce que tu veux? répète Cendrillon en mettant la main sur l'épaule de Raiponce.

— Une chance de prouver ce que je vaux à ces princes prétentieux? Tu parles!

— Et si tu étais blessée... ou démasquée? demande Cendrillon.

— C'est vrai, si quelqu'un te reconnaissait? renchérit Blanche.

Raiponce chasse leurs craintes du revers de la main.

— Quand ils finiront par savoir qui je suis, j'aurai déjà gagné. Ils n'y verront que du feu. Et personne ne me blessera, je vous le promets.

— Tu peux t'entraîner avec l'un des chevaux de mon père, propose Rose. Pas de tonneau ni de vadrouille pour notre championne! Et je pense bien pouvoir te dénicher une armure, ajoute-t-elle en tapotant le dos de son amie.

— C'est parfait. Je ne peux pas emprunter celle de Stéphane comme lors du bal masqué. C'est surtout lui que je veux surprendre. Je n'en reviens pas encore qu'il ait dit ça, marmonne-t-elle en reprenant une mine renfrognée. Je croyais qu'il était mon ami!

— Bon, si tu veux être à la hauteur, tu ne peux pas porter n'importe quelle culotte. Il te faut un uniforme de l'École de charme, dit Cendrillon à contrecœur. Je peux t'en fabriquer un.

— Tu ferais ça? s'exclame Raiponce en retrouvant son sourire et en serrant son amie dans ses bras. Merci, Cendrillon!

Blanche regarde Raiponce avec admiration.

— Je ne peux pas croire que tu vas oser faire ça!

— Il va falloir que je travaille à de nouveaux mouvements. J'ai montré à Stéphane tous ceux que je connaissais.

Elle réfléchit en tambourinant des doigts sur son menton. Comme Stéphane connaît toutes ses stratégies, elle va devoir en inventer de meilleures. Ces nouvelles manœuvres seront la clé de son succès!

— Les garçons de l'École de charme sont tellement traditionnels... Un peu d'innovation les désarçonnera, c'est certain!

Chapitre 3
Les haricots

Blanche salue ses amies et s'éloigne en gambadant vers la maisonnette des nains. Plongée dans ses pensées, elle fredonne une mélodie. Le plan de Raiponce est génial. Si elle gagne le tournoi de joute, rien ne fera plus plaisir à Blanche que d'aller voir les chevaux de Pigastrelle. Mais elle n'arrive pas à penser à autre chose qu'aux trois haricots dans sa poche.

Elle passe la main sur les petites graines lisses. On dirait des cailloux... Ces haricots lui font une drôle d'impression...

La jeune fille s'arrête sur le sentier, à l'endroit où elle a reçu les haricots un peu plus tôt. Oui, c'est bien ici. Le gazon est encore aplati, là où le garçon était assis en pleurant. Juste à côté, elle aperçoit un trognon de pomme.

Blanche n'a pas emprunté ce sentier ce matin dans l'intention d'échanger son sac de pommes contre trois haricots. En fait, elle a à peine remarqué le garçon en se hâtant vers le château de Stéphane, désireuse de ne pas manquer l'entraînement. Ce sont ses reniflements qui ont attiré son attention.

— Es-tu blessé? lui a-t-elle demandé, inquiète.

— Non, a répondu le garçon en sanglotant de plus belle. On m'a escroqué!

Blanche a déposé son sac de pommes. Il fallait qu'elle réconforte ce pauvre garçon. Qu'aurait-elle pu faire d'autre?

— Vas-y, vide ton cœur, raconte-moi tous tes malheurs! a-t-elle dit, récitant l'un des poèmes des nains. Peut-être que tu te sentiras mieux après.

— Ma mère va être tellement fâchée! a commencé le garçon en reniflant. Elle m'a envoyé au marché pour vendre notre vieille vache Henriette, mais en route, j'ai rencontré une dame. Elle avait l'air gentille et voulait faire un échange.

À ce moment de son récit, le garçon s'est remis à pleurer à chaudes larmes. Rien qu'à y penser, Blanche sent ses yeux s'embuer.

— Je ne voulais pas aller jusqu'au marché avec cette vache entêtée, a continué le garçon après s'être essuyé les yeux avec le mouchoir de dentelle de Blanche. Mais je ne sais pas ce qui m'a pris d'accepter un si mauvais marché. Cette dame devait être une sorcière!

— Allons, ça ne doit pas être aussi grave que ça, lui a dit Blanche en lui tapotant le bras.

— Regarde, a répondu le garçon en ouvrant la main. J'ai échangé notre vache contre trois misérables haricots!

Blanche est restée bouche bée. Une vache entière en échange de ces haricots, cela lui semblait vraiment un mauvais marché. Elle était désolée pour le garçon. Elle aussi a déjà eu affaire à des sorcières... et à des mères en colère!

— Ces haricots m'ont l'air très bien, lui a-t-elle dit d'un ton joyeux. Ma parole, je donnerais bien mon sac de pommes pour avoir d'aussi beaux haricots!

— Vraiment? a demandé le garçon, tout ragaillardi.

— Bien sûr! a répondu la jeune fille.

Elle avait passé toute la matinée à cueillir ces pommes, qu'elle avait l'intention de donner au troll bougon du pont. Même s'il n'en coûte qu'un fruit pour traverser, Blanche s'était dit que le petit troll grincheux avait bien besoin d'une petite douceur. Cependant, en échangeant ses pommes contre les haricots du garçon, elle n'aurait plus rien à offrir au troll, qui refuserait alors de la laisser passer.

« Mais je lui ai dit que je les lui donnerais », a-t-elle songé.

Blanche Neige tient toujours parole. Elle a tendu le sac de pommes au garçon, dont les larmes ont instantanément séché. Il a sorti une pomme du sac et s'est aussitôt mis à la manger.

— Délicieuse! a-t-il dit, la bouche pleine, du jus dégoulinant sur son menton.

Puis il a chargé le sac sur son épaule et s'est éloigné sans même dire merci.

— Comment t'appelles-tu? a lancé Blanche en le

voyant lancer le trognon au loin.

— Jacques! a-t-il crié. Tiens, n'oublie pas tes haricots!

Il les a lancés joyeusement dans les airs, et Blanche a dû se pencher pour les ramasser.

— Ça valait la peine, se dit maintenant Blanche en se dirigeant vers sa maison. Même si les haricots ne poussent pas, au moins, j'aurai rendu ce garçon heureux. J'espère que sa mère aime les pommes!

Tant pis si elle a manqué l'entraînement de joute. Pendant son détour jusqu'au carrefour, Blanche n'a cessé de penser à ses haricots. Elle a même eu du mal à garder le secret en voyant ses amis. Elle veut attendre que ses plants de haricots aient poussé pour les leur montrer.

En arrivant à la coquette maisonnette des nains, Blanche se dirige vers la remise pour y prendre une bêche et un arrosoir. Puis, sa jupe flottant dans la brise, elle se rend au jardin à l'arrière de la maison.

Elle creuse trois petits trous dans la terre noire et y dépose les haricots. Puis elle les couvre soigneusement d'un petit monticule de terre avant de leur donner à boire.

— Voilà, dit-elle en tapotant le sol. Poussez bien, petits haricots.

Elle contourne la maison en souriant pour aller ranger ses outils. Il ne lui reste plus qu'à attendre.

Chapitre 4
Le chevalier empaillé

Raiponce conduit Triomphe, le cheval du père de Rose, à l'écurie. Elle lui caresse doucement le museau avant de le confier au palefrenier.

— Merci, Triomphe, dit-elle. Et merci à toi, Rose. Tu n'avais pas besoin de te lever si tôt.

Le soleil pointe à peine à l'horizon, et les deux amies sont debout depuis plus d'une heure.

— Tu disais que c'était important, et maintenant que j'ai vu tes nouvelles manœuvres d'attaque, j'en suis convaincue! dit Rose d'un ton excité, toujours en selle sur sa jument favorite, Victoire. Ton assaut pivotant et ton coup de côté vont vraiment renverser tes adversaires!

Raiponce ne veut pas faire la fanfaronne comme Stéphane, mais elle doit admettre que Rose a raison. Elle a inventé ces nouvelles attaques hier soir, dans sa tour. Elle a galopé autour de sa chambrette en imaginant une joute dans sa tête. Elle pensait bien que ces mouvements seraient efficaces, mais elle n'en était pas certaine jusqu'à ce qu'elle les essaie ce matin. Elle a réussi à renverser son adversaire à chaque coup. Même si ce dernier n'est qu'un épouvantail, elle a pu s'entraîner sur un *vrai* cheval, et avec une *vraie* lance, grâce à Rose!

À ses côtés, Rose s'efforce de retirer l'épouvantail de la selle de Victoire.

— J'aurais bien besoin d'un coup de main, dit-elle, peinant sous le poids.

— Excuse-moi, dit Raiponce en s'approchant pour l'aider.

Les deux amies transportent le chevalier empaillé dans une stalle et l'appuient contre une botte de foin.

— Repose-toi, dit Rose à l'épouvantail en blaguant. Elle va revenir cet après-midi pour une autre partie!

— J'espère qu'il va tenir le coup, dit Raiponce en riant. Il m'inquiète un peu.

Bien qu'elles aient coiffé le prince-épouvantail d'une couronne de fleurs, on ne peut pas dire qu'il ait fière allure. Son rembourrage de paille dépasse d'au moins trois trous, et sa tête en citrouille est de travers.

— Ce n'est pas lui qui devrait t'inquiéter, dit Rose en la poussant hors de l'écurie.

Raiponce sait ce qu'elle veut dire. Elle fait allusion à Stéphane.

— Tu as raison. Dépêchons-nous! Si je suis en retard à notre rendez-vous, il va se rendre à la tour et s'apercevoir que je n'y suis pas. Il pourrait se douter de quelque chose!

— Exactement! dit Rose.

Raiponce court à sa suite sur le sentier. Pourtant, ce

n'est pas leur retard qui la dérange. Ou plutôt, ce n'est pas seulement cela. Stéphane et elle ne se sont pas parlé depuis l'entraînement de la veille, quand ils se sont disputés. Raiponce est ravie de son projet de participer au tournoi, mais elle est mal à l'aise à l'idée de cacher quelque chose à Stéphane.

— Bonjour! lance Stéphane en les voyant approcher du chêne géant où Raiponce et lui se retrouvent chaque matin.

— Bonjour! répond Rose.

Si le jeune homme est surpris de les voir ensemble, il n'en montre rien. Raiponce et lui vont à pied jusqu'à l'école, généralement seuls. Mais il ne va sûrement pas refuser une occasion de passer du temps avec Rose. Et Raiponce constate avec soulagement qu'il est trop énervé pour leur poser des questions.

— Vous ne croirez pas ce qui m'arrive! lance-t-il aux deux filles. Père et Mère m'ont offert une nouvelle lance! Une vraie de vraie!

Raiponce sourit. Stéphane veut une véritable lance depuis longtemps. Elle est contente de voir qu'il ne lui en veut pas. Puis elle ressent un pincement de colère en constatant qu'il a déjà oublié leur dispute. Cela prouve qu'il ne la prend pas au sérieux. « Eh bien, il devra me prendre au sérieux très bientôt », pense-t-elle. Il s'est peut-être vite remis de leur querelle, mais elle n'a pas oublié un seul mot de leur dernière conversation. L'indifférence de Stéphane envers leur désaccord ne la rend que plus déterminée à remporter le tournoi de l'École de charme. Elle serre les mâchoires et avance d'un pas rapide sur le sentier qui mène à l'école, Stéphane et Rose sur ses talons.

— J'ai hâte de l'essayer, continue Stéphane, si content de sa nouvelle lance qu'il ne remarque même pas le changement d'humeur de Raiponce. J'ai préparé les boucliers et je suis presque certain que mes parents vont nous laisser prendre les chevaux cet après-midi. Tu vas venir, n'est-ce pas? demande-t-il en jetant un regard implorant à Raiponce. Et toi aussi, bien entendu, ajoute-t-il à l'intention de Rose.

Raiponce fait la grimace. Stéphane adore avoir un public.

— Cet après-midi? Je ne peux pas, répond-elle. Je suis occupée à... heu...

— À m'aider avec une nouvelle coiffure pour le cours Glace et reflets, lâche Rose.

— Vous plaisantez? dit Stéphane avec un sourire entendu.

Raiponce est certaine qu'il ne les croit pas. Il la connaît et sait qu'elle n'irait jamais se pomponner quand elle peut se lancer au galop, armée d'une lance! Mais il est trop tard.

— J'ai bien peur que non. C'est une nouvelle natte très compliquée et très importante, dit Raiponce d'un ton qu'elle espère convaincant. Mme·Labelle va nous interroger demain.

— Mais j'ai besoin de toi! proteste Stéphane, dont le sourire amusé fait place à une expression peinée. Je peux affronter les princes de première année sans difficulté, et je suis certain que mes camarades de classe ne me demanderont pas trop d'efforts. Mais Hugo m'a dit que Laurent et lui ont de nouvelles lances, eux aussi. Et ils ont reçu des conseils de leur oncle, sire Charisme. Je dois me préparer du mieux que je peux!

Le jeune homme semble envahi par la panique. Raiponce a mauvaise conscience. Elle a entendu parler de sire Charisme. Il a été le champion de joute invaincu du royaume du Boudumonde pendant plusieurs années de suite. La jeune fille est tiraillée. Elle voudrait aider son ami, mais elle doit d'abord s'aider elle-même. N'est-ce pas?

— Est-ce la sonnerie? dit Rose en saisissant sa copine par le bras.

Saluant Stéphane de la main, elle entraîne Raiponce, qui n'a rien entendu, vers les douves du château. Les deux amies franchissent le pont-levis et entrent dans l'école. Raiponce soulève ses jupes et court jusqu'à sa classe, heureuse d'avoir pu s'échapper. Malgré sa colère contre Stéphane et ses réflexions idiotes, elle n'aime pas lui faire des cachotteries. Après tout, ils partagent leurs secrets depuis tant d'années! Elle a du mal à faire autrement. En se hâtant avec Rose le long du couloir de marbre, Raiponce se sent terriblement coupable.

— Tu l'as assez aidé, lui dit Rose. De plus, ne s'entraîne-t-il pas tous les jours pendant que nous sommes assises en classe?

En entrant dans la majestueuse salle de classe,

Raiponce se dit que son amie a raison. Elle en a assez fait pour Stéphane. C'est elle maintenant qui a besoin d'entraînement! Les rois et les reines représentés sur les tapisseries qui couvrent les murs de pierre la regardent tous avec une expression figée. Ils semblent tout à fait d'accord.

En les voyant entrer, Cendrillon s'approche d'elles en souriant.

— J'ai trouvé de vieilles capes de Javotte et Anastasie dans la cave. Une violette et une verte, les couleurs de l'uniforme de l'École de charme! Je voulais m'y mettre sans attendre, mais Kastrid a décidé qu'il fallait aérer la maison. J'ai donc dû battre tous les tapis et tapisseries pour les dépoussiérer, dit-elle en levant les yeux au ciel. C'est aussi bien, car je dois d'abord prendre tes mesures. Peux-tu me retrouver à l'écurie ce midi?

Raiponce hoche la tête, puis fait la grimace en s'assoyant sur sa chaise sculptée à haut dossier. Elle déteste ajouter une corvée à la longue liste de Cendrillon. Elle grimace aussi pour une autre raison : elle a les muscles endoloris après sa galopade de ce matin. Monter un vrai cheval, ce n'est pas comme chevaucher un tonneau. Raiponce s'enorgueillit de ne pas être délicate, mais aujourd'hui, elle ne refuserait pas une vingtaine de coussins.

— Merci beaucoup, Cendrillon, dit-elle avec un sourire forcé. Je ne sais pas comment j'y arriverais sans toi.

Elle voudrait lui avouer qu'elle est de plus en plus

nerveuse et doute de sa réussite. Elle a le talent nécessaire, c'est certain. Et ses nouvelles attaques ont de quoi surprendre. Mais les garçons de l'École de charme ont beaucoup plus d'heures d'entraînement.

Raiponce s'oblige à garder le sourire. Elle ne veut pas ennuyer ses amies avec ses craintes. Juste au moment où la dernière sonnerie retentit, Mme Garabaldi entre dans la classe.

Pendant que l'enseignante lit une liste d'annonces en arpentant la pièce, Raiponce tend l'oreille vers les sons qui proviennent de l'École de charme, de l'autre côté du jardin. D'abord, elle n'est pas certaine d'entendre des bruits de sabots. Puis, un instant plus tard, elle discerne le son caractéristique de lames de métal qui s'entrechoquent, et le cri « en garde » retentit.

Elle fronce les sourcils. Rose a raison. Stéphane n'a pas besoin d'elle pour s'entraîner. Il a le droit de combattre toute la journée, pendant qu'elle doit rester assise sous les yeux attentifs de...

Soudain, elle écarquille les yeux et se trémousse sur sa chaise. Comment se fait-il qu'elle n'y ait pas pensé plus tôt?

Le tournoi de joute de l'École de charme, tout comme l'entraînement, aura lieu pendant la journée, à un moment où Raiponce est censée être à l'École des princesses. Il lui faudra trouver un moyen de manquer ses cours!

La jeune fille se tortille d'impatience. Elle voudrait pouvoir interrompre Mme Garabaldi pour confier son dilemme à ses amies. L'enseignante semble lire dans ses pensées et lève les yeux de son parchemin. Elle toise Raiponce pendant un long moment.

— Arrêtez de gigoter sur votre siège, Raiponce, la réprimande-t-elle. On dirait que vous voulez vous enfuir en courant. C'est très inconvenant.

Raiponce avale sa salive et sourit d'un air contrit. Elle se redresse et reste immobile.

Rose et Cendrillon lui jettent un regard plein de compassion, mais Blanche ne lève pas les yeux. Raiponce se rend soudain compte que leur amie n'est pas venue leur dire bonjour avant la sonnerie. « C'est bizarre », se dit-elle en respirant profondément pour atténuer les élancements de ses muscles endoloris.

Mais elle tentera de savoir ce qui se passe avec Blanche plus tard. Pour l'instant, une autre question la préoccupe : comment réussira-t-elle à se soustraire aux yeux de lynx de Mme Garabaldi et des autres professeurs pour participer au tournoi?

Chapitre 5
Légers détails

Cendrillon s'écroule contre une botte de foin et se frotte les yeux. Elle est si fatiguée qu'elle ne voit plus clair. Mais elle doit faire un effort, car Raiponce parade devant elle dans son nouvel uniforme. Cendrillon a fini de le coudre à l'aube, ce matin.

— Je l'adore, je l'adore, je l'adore! crie Raiponce en sautillant d'enthousiasme.

Cendrillon étouffe un bâillement et lui sourit. Les quatre amies se sont retrouvées à l'écurie chaque jour de la semaine pour établir leur stratégie et la répéter, mais aujourd'hui, Raiponce a l'air encore plus énervée que d'habitude. Cendrillon est heureuse que l'uniforme lui aille si bien. En voyant l'expression de bonheur sur le visage de son amie, elle se dit qu'il valait la peine de rester debout jusqu'à l'aube et de brûler tous ses bouts de chandelle.

— Essaie-le avec l'armure, dit Rose en lui tendant une tunique à longues manches faite d'étoffe épaisse et d'anneaux de métal entrelacés. La broigne d'abord.

Raiponce l'enfile, puis, avec l'aide de Rose, elle noue les lacets à l'avant. Rose prépare ensuite plusieurs pièces de métal : brassards et cubitières pour les bras, cuissards, jambières et genouillères pour les jambes. Il y a aussi une cuirasse, composée d'un plastron et d'une dossière. Rose attache les boucles et les charnières.

— Tu ferais un merveilleux écuyer, Rose, dit Raiponce en souriant.

— Mes parents m'ont déjà fait porter une armure de protection pour circuler dans la maison, réplique Rose avec un petit rire. Ils avaient si peur que je me blesse avec une cuillère à soupe ou une aiguille! J'ai dû suivre un cours sur les armures et apprendre le nom de toutes les pièces. Mais heureusement, ils ont fini par abandonner ces idées ridicules.

— Ça fait beaucoup de métal, dit Cendrillon. Comment te sens-tu?

Raiponce se déplace dans l'écurie avec un cliquetis métallique, remuant les doigts dans les gantelets de métal.

— C'est lourd, mais je peux bouger assez facilement.

— Tu as l'air d'un prince de l'École de charme! dit Rose d'un air approbateur. Tu vas t'intégrer parfaitement.

Cendrillon hoche la tête pour manifester son accord.

Raiponce sourit, mais reprend aussitôt un air grave.

— Pas si je ne peux pas y aller, dit-elle d'un ton inquiet. Je ne sais toujours pas comment je vais m'absenter de mes cours. Le tournoi commence lundi, et les princes de première année combattent après le dîner. En supposant que je ne me fasse pas désarçonner dans les premiers tours...

— Ce n'est pas une supposition, c'est une certitude, affirme Rose.

— Alors, je vais affronter les finalistes des autres années le lendemain. Et les dernières épreuves pour déterminer le champion ont lieu la journée suivante. Le tournoi dure trois jours!

Rose tambourine des doigts sur ses hanches.

— Trois après-midi de cours... dit-elle d'un ton songeur.

— C'est beaucoup, dit Cendrillon, qui se couvre gracieusement la bouche pour dissimuler un autre bâillement. Désolée, je suis tellement fatiguée!

— Moi aussi, dit Blanche, appuyée sur une autre botte de foin.

Cendrillon se tourne vers elle. Blanche est si tranquille ce matin qu'elle a presque oublié sa présence! C'est vrai qu'elle a l'air fatiguée. Ça ne lui ressemble pas. Cendrillon est souvent épuisée, mais Blanche est généralement pleine d'entrain et de bonne humeur. À bien y penser, Blanche n'a pas été elle-même cette semaine. « Elle a peut-être du mal à dormir parce qu'elle s'inquiète pour Raiponce », se dit Cendrillon. Ce serait bien le genre de Blanche.

— Nous allons trouver une idée pour te faire sortir de l'école, déclare Rose. Ce n'est qu'un léger détail. Maintenant, essaie le heaume pour que nous ayons une vue d'ensemble.

Elle lui tend la dernière pièce de son équipement. Raiponce prend le casque et le pose sur sa tête. Mais au lieu de glisser pour lui couvrir la figure, il repose sur ses énormes torsades de cheveux.

— Laisse-moi essayer, dit Blanche.

Elle monte sur sa botte de foin et essaie de pousser sur le dessus du heaume. En vain.

— Je vais t'aider, Blanche, propose Cendrillon.

Mais malgré tous leurs efforts, le heaume refuse de bouger.

— Mon cou va se briser, grogne Raiponce.

— Si tu te coiffais autrement? suggère Rose.

Cendrillon et elle se mettent à entortiller les mèches incroyablement longues et épaisses pour créer une torsade haute et étroite.

— Essayons encore, dit Cendrillon.

Blanche replace le heaume, mais il flotte au-dessus de la tête de Raiponce comme un seau sur un poteau, ne procurant ni protection ni camouflage.

— Ça ne fonctionne pas, dit Raiponce, déçue. Il n'est pas assez grand. Et je ne peux pas utiliser le heaume que je portais au bal. C'est Stéphane qui me l'avait prêté.

— Il était énorme, se rappelle Cendrillon. Tu y voyais à peine! Tu ne pourrais pas combattre avec ça sur la tête.

— Il appartenait à son grand-oncle Artémis, explique Raiponce. Cet homme était un véritable géant.

Blanche sursaute.

— Un géant? répète-t-elle d'un air interloqué.

— Oui, confirme Raiponce. Stéphane m'a dit qu'il mesurait plus de deux mètres!

Blanche frissonne et ramène sa cape sur ses épaules. Cendrillon l'observe attentivement. Elle a l'air... effrayée.

— Blanche, est-ce que ça... commence Cendrillon en s'inclinant vers elle.

— Han! fait Rose en poussant de toutes ses forces sur le heaume. Ça ne sert à rien. Il n'entre pas.

— Je vais le faire entrer, moi! déclare Raiponce.

Elle baisse la tête et s'apprête à foncer sur le mur de l'écurie pour enfoncer le casque.

— Ne fais pas ça, dit doucement Cendrillon.

Rose et elle lui retirent le heaume avant que Raiponce se retrouve avec une commotion cérébrale.

— Il va falloir trouver autre chose, dit Cendrillon. En attendant, cachons tout cela dans l'écurie.

Raiponce fronce les sourcils, puis elle lève les yeux vers ses amies et son expression s'adoucit. Cendrillon n'est pas étonnée. Raiponce se met souvent en colère avant d'avoir eu le temps de réfléchir. Mais elle finit généralement par admettre ce qui a du sens.

— Vous avez raison, dit Raiponce pendant que Cendrillon l'aide à retirer le reste de l'armure. Ce n'est qu'un léger détail.

Chapitre 6
Poil de chacal!

Raiponce fait demi-tour et se remet à arpenter sa chambrette au sommet de la tour. Elle se sent légèrement étourdie, mais est trop contrariée pour s'asseoir. Elle marche de long en large depuis des heures, ne s'arrêtant que pour essayer de nouvelles coiffures dans l'espoir de faire entrer le heaume sur sa tête. Chaque essai se solde par un échec. Ses épaisses boucles acajou traînent sur le sol derrière elle. Elle doit faire attention de ne pas marcher dessus.

De grands ciseaux de métal sont posés sur la table de chevet, de l'autre côté de la pièce.

— Rien ne va m'empêcher de prouver à Stéphane que j'ai raison, dit-elle en fixant les ciseaux des yeux, comme si elle les mettait au défi de la contredire.

Mais la vérité, c'est que Raiponce ne veut pas se couper les cheveux. Même si ses tresses la rendent folle, au fond, elle les adore. Sa chevelure est tout à fait originale, et lui est parfois très utile.

— Mes cheveux vont repousser, se dit-elle.

Elle tend une main tremblante en direction des ciseaux. Mais avant qu'elle puisse s'en emparer, une voix lui parvient par la fenêtre.

— Raiponce, Raiponce! As-tu fini ta coiffure? lance Stéphane d'un ton suppliant.

Raiponce va à la fenêtre et aperçoit son ami, debout à l'orée de la forêt, sa nouvelle lance à la main.

— Descends! crie-t-il. J'ai apporté ma lance. Je veux être sûr de maîtriser mon équilibre avant d'aller revendiquer la victoire.

Hérissée par tant de bravade, Raiponce se sent tout de même tiraillée. Elle aurait aimé s'entraîner encore un peu avec Stéphane. Ainsi, elle serait certaine de pouvoir le battre au tournoi. Mais elle ne peut pas lui révéler ses nouvelles tactiques, ni le fait qu'elle a l'intention de l'affronter au tournoi!

— De quoi ai-je l'air? demande Stéphane.

Il s'agenouille, la tête baissée et la lance à la main. C'est la position qu'adopte un prince sur le point d'accepter un honneur. Le titre d'un tournoi, par exemple!

— Est-ce que je t'ai dit que ma mère a acheté une nouvelle robe pour assister à la joute? poursuit le garçon. J'aurais aimé que tu sois là, toi aussi.

Raiponce éprouve un sentiment de culpabilité. Non seulement elle cache quelque chose d'important à Stéphane, mais elle s'apprête à lui voler son heure de gloire devant son école et sa famille.

— M'as-tu entendu? lance Stéphane. Que fais-tu là-haut, de toute façon? demande-t-il en posant sa lance sur le sol. Tu n'es pas vexée parce que j'ai dit que tu ne pouvais pas me battre, j'espère! Tu sais que je voudrais faire un combat loyal avec toi, si c'était possible. Mais j'ai encore besoin de ton aide. À moins que tu ne sois occupée à essayer de nouvelles coiffures pour ton cours Glace et reflets? ajoute-t-il en regardant ses cheveux.

— Si tu veux le savoir, je... commence-t-elle à répondre, avant de s'interrompre brusquement. Je ne peux pas. Je suis occupée.

Résigné, Stéphane baisse les épaules et frappe le sol de sa lance.

— Bon, d'accord, dit-il finalement en se tournant vers la forêt.

Raiponce le regarde s'éloigner.

— Rendez les armes! s'écrie-t-il en pointant sa lance sur un énorme pin.

Raiponce tourne le dos à la fenêtre, encore plus contrariée qu'avant. Elle tend de nouveau la main vers les ciseaux. Elle soulève une mèche de cheveux et se prépare à la couper. Mais elle tourne la tête, incapable de regarder. La pensée de couper sa chevelure lui est intolérable! Comment ses amis pourront-ils lui rendre visite dans sa tour?

Avant qu'elle puisse refermer les lames, Mme Gothel apparaît dans un nuage de fumée verte.

— Larmes de lézard! grince la sorcière. Que fais-tu là?

Raiponce lâche les ciseaux et s'écroule sur son lit.

— Vous m'avez fait peur, Mère Gothel, gronde-t-elle.

Mais au fond, elle est contente de voir sa mère adoptive. Elle a besoin de parler à quelqu'un, et la vieille sorcière arrive à point nommé.

— Il faut que je fasse entrer ce heaume sur ma tête, explique Raiponce en soulevant le casque de métal luisant. Il y a un tournoi de joute à l'École de charme cette semaine, et je veux y participer. Stéphane a dit que n'importe quel prince de son école pouvait battre une princesse dans un combat loyal. J'ai l'intention de lui prouver qu'il a tort!

Mme Gothel renverse la tête en arrière et ricane bruyamment.

Raiponce la regarde de travers.

— Ne riez pas, dit-elle. J'ai un problème.

Mme Gothel contemple sa fille adoptive avec un éclair dans les yeux.

— Museau de mulot! gronde-t-elle. Ma chère fille, je ne ris pas de tes problèmes, mais de ceux que tu vas causer! J'adore ça! Tu es peut-être une princesse, ajoute-t-elle en frissonnant, mais on dirait bien que j'ai une mauvaise influence sur toi!

Raiponce a un sourire narquois. Elle ne peut pas nier que Mme Gothel encourage son côté bagarreur. Mais l'attitude légère de la sorcière ne règle pas la question.

Mme Gothel la regarde en plissant les yeux. Elle réfléchit.

— Peut-être que je peux t'aider...

Elle agite les mains dans les airs en marmonnant quelque chose au sujet de chevelure de lémur, de poil de

36

chacal et de poches sans fond.

Elle se tapote la tête de son long doigt noueux en essayant de se remémorer quelque chose. Puis elle saisit le casque, donne une petite tape sur la tête de Raiponce, et s'évanouit dans un nuage de fumée verte.

Chapitre 7
Préparatifs

Rose regarde ses fées s'éloigner de l'école dans le carrosse familial. Puis, rassemblant ses jupes, elle se hâte sur le sentier qui va dans la direction opposée à l'école. Elle doit parler à Raiponce le plus rapidement possible. Hier soir, elle a trouvé la solution idéale à l'un de leurs problèmes. Elle sait comment cacher l'absence de Raiponce aux professeurs.

« Il était temps, pense Rose en enjambant un tronc. Les premières épreuves du tournoi doivent commencer aujourd'hui! »

Rose est si préoccupée par son plan qu'elle ne voit pas Raiponce et Stéphane arriver.

— Rose? s'exclame Stéphane, surpris.

— Heu, bonjour, Stéphane, dit-elle en faisant une petite révérence.

Stéphane s'incline du mieux qu'il peut, tout en tenant sa nouvelle lance et son bouclier. Les trois amis se dirigent ensemble vers l'école.

Rose s'en veut d'avoir oublié que Stéphane accompagne

Raiponce chaque matin. Elle ne peut pas parler de son plan devant lui. Même si elle le voulait, ce serait impossible : Stéphane est si énervé qu'il parle sans arrêt.

— Le grand jour est enfin arrivé! lance-t-il d'un ton triomphant. Plus que trois jours, et le titre sera à moi! J'ai hâte d'avoir mon numéro. Les élèves de deuxième année vont le recevoir après le dîner. J'espère que ce sera un chiffre chanceux. Sept, ou encore vingt. Mais ce n'est pas important, au fond. Les épreuves d'aujourd'hui seront un jeu d'enfant. Ce sont les princes de troisième et de quatrième années qui seront plus difficiles à battre.

Le jeune homme s'arrête au milieu du sentier et prend une posture de combat.

— Je n'affronte que mes camarades de classe aujourd'hui. Seuls quatre d'entre nous vont poursuivre demain. Je suis sûr d'en faire partie avec Hugo, et peut-être Hector et Olivier. Demain, il ne me restera plus qu'à les éliminer et à passer à des adversaires plus redoutables.

« Ta meilleure amie, par exemple », pense Rose. Elle se tourne vers Raiponce en essayant de garder un visage impassible. Elle n'a pas besoin de regarder son amie bien longtemps pour savoir qu'elle se mord la langue.

« Comme je la comprends! pense Rose. Stéphane est si fanfaron! » Elle sourit à son amie et poursuit son chemin, devançant le chevalier sans armure et son ennemie numéro un.

— On nous présentera seulement par nos numéros, reprend Stéphane. Et bien sûr, nos visages seront dissimulés derrière les visières. Mais je suis certain de pouvoir reconnaître chacun de mes adversaires.

Rose toussote doucement pour s'empêcher de pouffer de rire. Raiponce a un sourire fendu jusqu'aux oreilles. On dirait qu'elle va exploser.

— Ça devrait être facile, puisque ce seront tous des élèves de ton école, dit-elle d'un air entendu.

— Effectivement, dit Stéphane. Je les reconnaîtrais avec ou sans casque!

Les traits tendus, Rose jette un coup d'œil à la gigantesque torsade qui surmonte la tête de Raiponce. Son amie lui a assuré que son casque ne lui posait plus de problème, mais Rose se demande comment cela est possible. Quel heaume pourrait couvrir toute cette chevelure sans avoir l'air ridicule?

Au moment où les trois amis sortent de la forêt, les trompettes de l'École des princesses sonnent.

— Dépêchons-nous! s'écrie Raiponce. Au revoir, Stéphane!

Elle soulève ses jupes et court vers l'école.

Rose se dit que Raiponce doit être très soulagée de s'éloigner de Stéphane. Le jeune homme est si imbu de lui-même qu'elle devait brûler d'envie de tout lui dire.

Elle fait la révérence au prince avant d'aller rejoindre son amie.

— Vous pourriez me dire bonne chance! lance Stéphane. Même si je n'en ai pas besoin!

— Oui, tu en auras besoin, marmonne Raiponce tout bas.

Rose pique son aiguille à tapisserie dans le mauvais trou. Elle défait le point en soupirant. Toute la matinée, les princesses ont entendu les applaudissements de la foule à l'école voisine. Même si les jouteurs et leurs chevaux ne sont pas visibles de l'École des princesses, l'atmosphère pleine de fébrilité est palpable, même à travers les fenêtres fermées. Il est très difficile de se concentrer.

— Je me demande de quel chevalier il s'agit, chuchote Cendrillon quand un cliquètement métallique se répercute jusqu'à la classe de couture.

— Un pauvre diable qui vient de se faire désarçonner, je suppose, dit Blanche. J'espère que sa monture est indemne.

Ses doigts tremblent et sa tapisserie est encore moins soignée que d'habitude.

Rose jette un rapide coup d'œil à Raiponce, dont la mousseline est toujours intacte. Elle n'a même pas enfilé son aiguille!

— Raiponce! chuchote Rose.

Son amie sursaute et lève les yeux. Il est évident qu'elle était ailleurs. « Probablement sur le dos d'un cheval », se dit Rose avec un petit rire.

— N'oublie pas que nous devons terminer notre tapisserie aujourd'hui, dit-elle à Raiponce. Tu devrais peut-être commencer!

— Je ne sais pas pourquoi, mais c'est difficile de se concentrer aujourd'hui, soupire Blanche.

Raiponce regarde la mousseline de Blanche sans mot

dire. Son amie est parfois si inconsciente!

Rose scrute le visage de Raiponce. Elle a l'air perplexe, mais ses traits trahissent une autre émotion, inhabituelle chez cette fille audacieuse. Elle a l'air... nerveuse.

Rose le serait aussi, si elle était dans sa peau... ou plutôt dans son armure! Non seulement elle s'apprête à participer à la plus importante compétition de sa vie, mais elle doit camoufler son identité et s'absenter de l'école.

Par une des hautes fenêtres à carreaux en losange, Rose aperçoit le bout d'une bannière violette qui flotte au vent. La foule pousse des acclamations. Puis les trompettes retentissent, indiquant la fin du cours de couture.

Rose ajoute deux derniers points, coupe le fil et remet son ouvrage à Mme Taffetas. Puis elle range son matériel dans son panier et suit ses amies hors de la pièce. Dans le couloir au carrelage rose et blanc, les princesses se hâtent vers les malles où elles gardent leurs livres et leurs parchemins, avant de se rendre au cours suivant.

Rose presse le pas pour rattraper Raiponce, qui avance à grandes enjambées déterminées.

— Ne t'en fais pas, Raiponce, dit-elle à voix basse. Tu es venue chez moi chaque jour après l'école, sans compter tous les matins où tu t'es levée avant l'aube. Tu as inventé une demi-douzaine d'attaques différentes. Et tu es excellente!

— Merci, réplique son amie. Mais ce n'est pas la

compétition qui m'inquiète. Ce sont *elles*!

La jeune fille désigne du menton Mme Garabaldi, Mme Petitpas et Dame Bathilde, qui passent dans le couloir. Les deux enseignantes et la directrice sont plongées dans un conciliabule, la tête inclinée et l'air grave.

Rose hoche la tête.

— C'est vrai qu'elles ont l'air redoutables. Mais tout va bien aller. Je suis sûre que mon plan va fonctionner.

— Ton plan? répète Raiponce en se tournant vers elle. Tu as un plan?

Rose porte sa main fine à sa bouche.

— C'est vrai! Je ne t'ai encore rien dit! s'exclame-t-elle. Je voulais t'en parler ce matin, quand je suis venue à ta rencontre sur le sentier, mais Stéphane était là. Et ensuite...

Raiponce tape impatiemment du pied sur le carrelage luisant.

— Oui, oui, ça va, dit-elle. Explique-moi ton plan!

— Quel plan? intervient Blanche qui arrive derrière elles.

— Qui parle de plan? ajoute Cendrillon en regardant par-dessus l'épaule de Blanche.

— Chut! fait Raiponce en mettant un doigt sur ses lèvres.

Au même moment, Javotte et Anastasie surgissent de derrière une colonne d'albâtre au motif de lierre. Cendrillon lève les yeux au ciel. Elle déteste croiser ses vilaines demi-sœurs à l'école.

— Est-ce que j'ai bien entendu? demande Anastasie. Vous planifiez quelque chose?

— Voyons, chère sœur, lui dit Javotte en jetant un regard dédaigneux à Cendrillon. N'oublie pas que ce sont de simples Chemises. Elles ne pourraient rien imaginer d'intelligent, même si elles étaient capturées par un géant et que leur vie en dépendait!

— Un géant? répète Blanche, les yeux écarquillés.

— C'est bien ça, chantonne Anastasie. Un gros géant velu qui mange les princesses.

Blanche a une exclamation étouffée.

— Il y a des géants qui mangent les princesses? demande-t-elle.

Rose lance un regard furieux aux méchantes demi-sœurs de Cendrillon. Même si elle a toujours souhaité avoir une sœur, ces deux-là lui font apprécier son sort d'enfant unique.

— Venez, dit-elle d'un ton calme en entraînant Blanche et les autres. Nous allons être en retard.

En se dirigeant vers leur prochain cours, elle chuchote à ses amies :

— Raiponce n'a pas besoin d'aller à l'École de charme avant midi. Retrouvons-nous à l'écurie comme prévu et je vous expliquerai tout.

Une heure plus tard, les quatre amies se retrouvent dans leur stalle préférée, de couleur lavande. L'écurie est silencieuse, à l'exception de quelques bruits de sabots et du cliquetis de l'armure de Raiponce.

— Ton costume est parfait! dit Rose. Tu ne mets pas ton casque?

— C'est vrai, où est ton casque? demande Cendrillon. Dis, tu n'as pas peur de te faire prendre? ajoute-t-elle en se tordant les mains de nervosité.

— Elle ne se fera pas prendre, n'est-ce pas, Blanche? demande Rose, se disant qu'elles ont bien besoin de l'optimisme inépuisable de Blanche en ce moment.

Mais la jeune fille ne répond pas. Elle fait rouler un brin de paille entre ses doigts pâles, les yeux dans le vague. Elle est comme ça depuis le matin. Même la vue des chevaux n'a pas réussi à la sortir de sa transe.

— Est-ce que tu te sens bien? lui demande Rose.

— Je sens la chair fraîche... marmonne la jeune fille d'un air endormi.

— Quoi? s'exclame Cendrillon.

— Blanche? s'écrient Rose et Raiponce en chœur.

Blanche secoue la tête pour s'éclaircir les idées.

— Voyons, qu'est-ce que j'ai? s'écrie-t-elle.

Elle se ressaisit et regarde ses amies tour à tour.

— Comment te sens-tu, Raiponce? demande-t-elle. Es-tu prête pour le combat? Comment allons-nous régler les derniers détails?

Elle regarde d'un air mélancolique les longs cheveux de son amie.

— Rassurez-vous, Mme Gothel est de mèche avec nous, déclare Raiponce en brandissant son casque avec un grand geste du bras.

— N'est-ce pas le casque que tu avais la semaine

dernière? demande Cendrillon.

Raiponce sourit.

— C'est le même, mais pas tout à fait! répond-elle avec un air mystérieux. En fait, il est légèrement plus grand. Quand je l'enfile...

Elle place le heaume sur sa tête, et sa montagne de cheveux disparaît à l'intérieur comme par magie, tout comme sa figure et son cou.

— ...Tadam! Avoir une sorcière comme mère adoptive a ses avantages! dit-elle d'une voix qui résonne sous le casque de métal.

Rose ne peut pas voir la bouche de Raiponce, mais au ton de sa voix, elle devine que son amie sourit. Elle a un frisson d'excitation. Ça y est : Raiponce est vêtue de son armure. Le grand moment approche!

— Oh, Raiponce! s'écrie Blanche en tapant des mains d'enthousiasme.

— Bon, nous sommes presque prêtes, dit-Rose, reprenant ses esprits.

— Et l'autre détail qui restait à régler? demande Cendrillon. Mme Petitpas va sûrement remarquer que Raiponce n'est pas au cours d'autodéfense!

— Ne vous inquiétez pas, dit Rose d'un air assuré.

Elle leur montre une poignée de foin et la robe que portait Raiponce avant d'enfiler son uniforme.

— Si tout va bien, reprend-elle, personne ne s'apercevra de son absence!

Chapitre 8

En garde!

Avec un cliquètement métallique, Raiponce contourne la haie de rosiers qui sépare les deux écoles. Puis, haussant sa tête casquée au-dessus de la haie, elle jette un dernier regard à l'École des princesses. À l'une des fenêtres de la salle à manger du deuxième étage, trois mains délicates lui font signe. Elle leur répond d'un geste de son gantelet de métal, produisant un grincement qui la fait grimacer. Une armure est peut-être tout indiquée pour combattre, mais pas pour se déplacer furtivement.

Heureusement, cette partie de son aventure s'achève. Elle s'éloigne de la haie et franchit les derniers pas qui la séparent de l'École de charme. Son cœur bat la chamade pendant qu'elle observe les alentours.

Le terrain de l'École de charme a été transformé en immense arène. Deux rangées de gradins longent une piste de joute. Le long chemin gazonné est bordé de palissades pour empêcher les concurrents de changer de direction. À chaque extrémité se trouvent des écuries et des corrals, où des écuyers s'occupent des chevaux. Des scribes sont juchés sur des échelles pour inscrire le classement sur d'énormes parchemins. L'arène fourmille de princes armés de pied en cap. Des reflets métalliques luisent sur le terrain et dans les gradins.

Sans perdre de temps, Raiponce se mêle à un groupe près d'une table où on remet des numéros aux princes de première année. L'écuyer chargé de la distribution est coiffé d'un béret violet et vert qui ne cesse de lui retomber sur les yeux.

« C'est parfait, se dit Raiponce. Il ne me remarquera pas. »

Elle s'aperçoit avec un sursaut que le timide écuyer n'a plus que quelques numéros à remettre. Elle passe effrontément devant un grand garçon de première année et saisit le numéro 17 de la main de l'écuyer.

— Pardon, dit-elle au prince en s'efforçant de prendre une voix grave. J'attends depuis des heures.

Même si le prince ne dit rien, elle devine à son maintien qu'il est irrité par son audace. Il se penche pour essayer de voir son numéro.

« Il veut probablement s'en souvenir pour tenter de me désarçonner plus tard, pense-t-elle. Eh bien, qu'il essaie! »

Avant que le prince ou l'écuyer puissent protester, Raiponce sort de la file en cliquetant. Inutile de trop attirer l'attention.

En se dirigeant vers l'écurie pour aller chercher son cheval et ses armes, elle éprouve un pincement de culpabilité. Des manières abruptes ou arrogantes ne sont pas acceptables pour un prince. Ni pour une princesse, d'ailleurs. De plus, sa présence à la compétition risque d'empêcher un prince de participer, ce qui semble injuste.

« Ils ont peut-être des numéros supplémentaires, pense-t-elle. De toute façon, il fallait bien que je m'en procure un, non? Au point où j'en suis, je ne peux plus reculer. »

La tête baissée et son numéro à la main, la jeune fille finit par repérer sa stalle. D'apparence très ordinaire, elle contient une lance, un bouclier, et surtout, un cheval. La jument à robe alezane hennit en la voyant entrer. Au-dessus de sa musette pend une plaque dorée où est gravé son nom : Vertu.

Raiponce s'approche de l'animal. Elle se sent un peu comme Blanche en murmurant contre la douce fourrure de son oreille :

— Je m'appelle Raiponce. Je suis contente que tu sois une fille, toi aussi. Nous allons faire une bonne équipe.

Elle ne croit pas utile de cacher son identité à sa partenaire. Elle s'empare rapidement de son bouclier et mène Vertu près des parchemins géants. Elle veut savoir contre qui elle va se battre. Plissant les yeux derrière sa visière, elle examine les colonnes de chiffres. Elle trouve le 17, qui est apparié au 4. Le gagnant de leur duel affrontera ensuite le numéro 8.

« D'abord, le 4, puis le 8, se dit-elle. Ils ont l'air faciles à battre. » Puis elle sourit. Le 4 et le 8 peuvent être n'importe qui! Enfin, n'importe quel élève de première année. En effet, lors des deux premiers tours, les jouteurs n'affrontent que des adversaires de leur catégorie. Raiponce est soulagée d'avoir l'occasion de s'échauffer avec les plus jeunes princes.

Au son des trompettes, les deux premiers concurrents sont conduits vers la piste par des écuyers vêtus de vert et de violet. Au même moment, on annonce les prochains combattants, qui doivent commencer à se préparer. Ce sera bientôt le tour des numéros 4 et 17! Le cœur battant, Raiponce conduit Vertu au corral où elle observe les autres jouteurs sortir de l'écurie. Elle veut jeter un coup d'œil au numéro 4 avant de galoper dans sa direction sur la piste. Mais le terrain est si bondé que ce serait chercher une aiguille dans une botte de foin.

— Il me faut un meilleur poste d'observation, dit-elle à Vertu.

Elle met le pied à l'étrier et monte prestement en selle. Toutes ses heures d'entraînement ont porté fruit. Même sous sa lourde armure, elle reste gracieuse.

Du haut de sa monture, elle observe le côté opposé du terrain. Elle prête à peine attention aux princes qui se déplacent en cliquetant autour d'elle. Finalement, elle aperçoit un 4 tracé en rouge sur une armure de bronze. Elle n'en est pas certaine, mais son adversaire semble l'observer, lui aussi. Il renverse la tête en arrière. Est-ce qu'il rit? Raiponce jette un coup d'œil au 17 tracé en rouge sur son propre plastron. Elle doit avoir l'air d'un bien petit prince.

Avant qu'elle puisse réagir, un écuyer saisit les rênes de Vertu et la conduit à la piste. Ça y est!

— Nous allons montrer à ces garçons comment il faut faire! chuchote-t-elle à l'oreille de Vertu.

L'écuyer lui tend son bouclier et sa lance. Le drapeau s'abaisse au centre de la piste. Sans plus réfléchir, Raiponce pique les flancs de son cheval et s'élance comme une flèche vers le chevalier de bronze, la lance brandie. Elle remarque à peine le vent qui cingle son casque. Elle regarde droit devant elle, les yeux fixés sur son adversaire. En le percutant, elle entend un bruit mat, mais est à peine secouée sur sa selle. Elle se retourne et aperçoit le numéro 4 affalé sur le dos. Elle l'a désarçonné sans effort! Étendu dans l'herbe boueuse, le jeune prince soulève sa visière et lui jette un regard mauvais. Raiponce ne le reconnaît pas, mais il est évident qu'il ne rit plus.

Après un hochement de tête de part et d'autre pour signifier la fin du combat, Raiponce regarde son adversaire se remettre debout et conduire son cheval hors de la piste. Elle ne peut s'empêcher de rire en voyant son postérieur couvert de boue et de brins d'herbe. Décidément, c'est plus facile qu'elle ne l'avait imaginé.

Au grand plaisir de la foule dans les gradins, Raiponce désarçonne le numéro 8 presque aussi rapidement. Elle voulait employer l'une de ses nouvelles tactiques, mais se rend compte en le voyant approcher que ce n'est pas nécessaire. Le numéro 8 a peine à rester en selle avant même d'arriver à sa hauteur! Elle réserve donc sa manœuvre pour plus tard et le renverse d'un simple coup.

« Ces princes sont peut-être charmants, mais ils ne sont pas très vaillants », se dit-elle.

En observant les combats des autres concurrents, elle se surprend à souhaiter que ses futurs adversaires soient plus redoutables. Si ce n'était l'excitation causée par son intrusion illégale, elle trouverait sa première journée de compétition plutôt... ennuyeuse. Mais au moins, maintenant qu'elle a remporté les deux premiers tours, elle va affronter des garçons plus âgés. Évidemment, cela constituera un recul pour ces derniers, et non une progression. En effet, chaque prince a droit à deux chances le premier jour des compétitions. Mais une fois qu'il a perdu deux joutes, il est éliminé et doit aller s'asseoir dans les gradins avec les parents et les professeurs.

Raiponce parcourt les gradins des yeux. Il y a davantage d'élèves qu'auparavant, mais bien entendu, Stéphane ne s'y trouve pas.

Raiponce tambourine de ses doigts de métal sur son bouclier. Plus qu'une bataille avant de retourner en classe! Si elle gagne cette dernière joute, elle pourra revenir demain.

Enfin, le numéro 17 est de nouveau appelé sur la piste. Raiponce donne une petite tape amicale à Vertu et met sa lance sur son épaule. Elle regarde à peine le garçon qui lui fait face et porte le numéro 12.

— Allez, dépêche-toi! marmonne-t-elle en voyant son adversaire se débattre avec sa lance et son bouclier avant d'enfourcher sa monture. Je pourrais le renverser d'ici, ajoute-t-elle à l'intention de sa jument. Il n'est pas plus redoutable que mon épouvantail, et presque aussi maigre!

Elle glousse doucement. Mais son rire s'évanouit tout à coup. Ce garçon est vraiment aussi grand et maigre que l'épouvantail, et elle ne connaît qu'un prince qui correspond à cette description. C'est sûrement Pat! Pendant un instant, Raiponce est fière de voir qu'il n'a pas encore été éliminé. Puis elle se sent coupable. Ce doit être sa dernière joute, puisqu'il en est à affronter des princes de première année. Et à cause d'elle, il va être exclu.

Le drapeau s'abaisse.

— Doucement, murmure Raiponce en éperonnant sa jument.

Elle vise le centre du bouclier de Pat, sachant que cela ne devrait pas lui faire trop mal. Elle le percute bruyamment, puis grimace en entendant le jeune homme atterrir sur le terrain boueux.

Faisant faire demi-tour à sa monture, elle jette un coup d'œil derrière elle. Un autre prince, qui porte le numéro 5, est venu prêter main-forte à Pat. Au grand soulagement de Raiponce, ce dernier se remet sur pied sans problème. Il ne semble pas blessé, bien qu'il soit couvert de boue. Elle réprime un fou rire, mais le numéro 5 ne peut pas cacher son hilarité. Raiponce reconnaît ce rire. Elle a enfin trouvé Stéphane.

Quelques minutes plus tôt, elle voulait retourner à l'école, mais maintenant que le moment est venu, elle veut rester. Elle prend son temps pour conduire Vertu à sa stalle, afin d'observer la dernière joute de la journée. Le numéro 13 affronte le numéro 5. Les deux princes ont l'air bien solides sur leurs selles et paraissent tous deux en excellente forme. Ils tiennent fermement leurs lances en s'élançant l'un vers l'autre.

— Parfait! s'exclame Raiponce en voyant Stéphane modifier sa position et surprendre le numéro 13 en lui assenant un coup dans le coin droit de son bouclier.

C'est une manœuvre que Raiponce connaît bien : elle l'a enseignée à Stéphane. Le numéro 13 oscille, puis se met à glisser de côté. Incapable de reprendre son équilibre, il saute de sa monture pour éviter d'atterrir honteusement sur le derrière.

« Je parie que c'est Antoine Ambregris », se dit Raiponce en faisant entrer Vertu dans sa stalle. Antoine était le correspondant de Cendrillon au cours de Correspondance amicale. On raconte qu'il est l'un des meilleurs jouteurs de l'École de charme. Raiponce ne peut pas s'empêcher d'être fière de la victoire de Stéphane.

Une fois dans la stalle, elle flatte l'encolure de sa jument.

— Merci, Vertu, chuchote-t-elle. À demain.

Elle se glisse le plus discrètement possible vers la sortie de l'arène. Elle tend l'oreille pour entendre l'annonce du classement par-dessus le cliquetis de son armure.

— Les princes de première et deuxième années qui participeront aux épreuves éliminatoires demain sont les numéros 26, 32, 3, 11, 9, 17, 5 et 14, crie un scribe.

La foule applaudit et Raiponce sourit.

« Le numéro 14 est sûrement Hugo Charmant », pense-t-elle. Elle n'a aucune idée de l'identité des autres concurrents de première année, mais elle est certaine de pouvoir les vaincre sans problème.

Jetant un dernier regard par-dessus son épaule, la jeune fille se prépare à franchir la haie. Un pied dans les airs, elle interrompt son mouvement et retombe maladroitement de l'autre côté. Elle vient d'apercevoir Stéphane et Pat, juste derrière elle!

— Je savais que tu te rendrais aux éliminatoires! dit Pat en donnant une tape dans le dos de son ami.

— Et je savais que tu serais éliminé, dit Stéphane en riant, aussitôt imité par son ami. J'aurais tellement voulu que Raiponce me voie! Ses manœuvres sont géniales. M'as-tu vu désarçonner Antoine? J'ai hâte de raconter ça à Raiponce!

La jeune fille rougit sous son casque.

Chapitre 9
Fille de paille

Blanche rectifie la position de son bras autour des épaules de « Raiponce » et marche dans le couloir en affectant un air naturel.

— J'espère que Mme Garabaldi est de l'autre côté du château, chuchote-t-elle à Rose par-dessus la tête de la fausse Raiponce.

— Moi aussi, répond Rose à voix basse.

Elle tient l'autre côté du mannequin qu'elles ont fabriqué avec de la paille et la robe de Raiponce. Cendrillon marche derrière elles pour s'assurer que rien ne cloche.

Blanche doit admettre que leur « Raiponce » a fière allure. Elle est de la bonne taille et porte les bons vêtements. Grâce à ses longues jupes, personne ne peut voir que les jambes des culottes rembourrées n'avancent pas d'elles-mêmes. Les trois amies devraient réussir à convaincre tout le monde que Raiponce est avec elles... tant et aussi longtemps que nul ne voudra savoir pourquoi cette dernière porte un voile. Ou pourquoi elle reste muette. Ou ne bouge pas seule. Ou...

Blanche secoue la tête. Elle ne veut plus y penser. C'est trop inquiétant.

Elle laisse échapper un bâillement en s'efforçant de marcher à la même vitesse que Rose. Elle est tellement endormie, ces jours-ci. Elle arrive à peine à faire ses devoirs ou à suivre les conversations de ses amies. Elle cligne rapidement des yeux en écoutant les bavardages des élèves dans le couloir. Soudain, l'étrange refrain qui la hante depuis quelque temps résonne dans sa tête : « Je sens de la chair fraîche... »

Ses yeux ensommeillés s'écarquillent. Elle regarde autour d'elle.

— D'où vient cette voix? marmonne-t-elle.

Rose et Cendrillon lui jettent un regard surpris. De toute évidence, elles n'ont rien dit, ni rien entendu. Pourquoi cette phrase tourne-t-elle sans cesse dans son esprit? Serait-ce une strophe d'une chanson de Grincheux? Blanche sent un frisson lui parcourir l'échine. À moins que cela ne provienne des étranges rêves qu'elle a faits dernièrement.

Elle se frotte les yeux de sa main libre. Cette semaine, elle s'est couchée tôt tous les soirs, épuisée, laissant les nains faire la vaisselle sans elle. Même si elle n'a jamais de mal à s'endormir, ses rêves sont si étranges et obsédants que, lorsqu'elle se réveille, elle a le sentiment de ne pas avoir dormi.

Ce qui est encore plus troublant, c'est que Blanche a maintenant l'impression que ces rêves bizarres deviennent réalité! Un rêve qui se réalise, c'est généralement une bonne chose, mais Blanche préférerait que ses songes demeurent des songes. Du moins, ceux qu'elle a depuis quelque temps.

D'abord, elle a rêvé de gruau. Et le lendemain matin, au déjeuner, il y avait du gruau sur la table. Au lieu de manger, elle s'est précipitée au poulailler pour commencer ses corvées de la matinée.

Dans le poulailler, les choses sont devenues encore plus étranges. Blanche était en train de ramasser des œufs comme d'habitude, quand elle a remarqué quelque chose de curieux.

Une jolie poule brune aux ailes et aux pattes tachetées nichait parmi les autres. Blanche était certaine de n'avoir jamais vu cet oiseau dans le poulailler. Elle baptise toujours chaque poussin dès son éclosion, et elle n'oublie jamais un seul bec.

Malgré son sentiment de malaise, elle s'est adressée à la nouvelle venue d'un ton joyeux, afin que la pauvre se sente la bienvenue.

— Bonjour, toi! D'où viens-tu?

Aussitôt que ces paroles sont sorties de sa bouche, Blanche a porté la main à ses lèvres. Elle venait de se rendre compte qu'elle avait rêvé de cette poule la nuit précédente! Et voilà que celle-ci se retrouvait dans le poulailler, installée sur l'un des pondoirs.

— Est-ce que je t'ai fait venir ici en rêvant de toi? lui a-t-elle chuchoté. C'est impossible. Tout ce que j'ai fait, c'est de me coucher dans mon lit et fermer les yeux!

Les petits yeux jaunes de la poule l'ont fixée sans ciller. L'oiseau s'est tortillé sur son nid. Blanche a glissé la main sous la poule et en a ramené... un œuf d'or!

La pauvre fille est presque tombée évanouie. Elle a d'abord mis l'œuf dans son panier, puis, se ravisant, l'a glissé dans sa poche. La nouvelle poule devait être malade pour avoir pondu un œuf pareil. Blanche s'est dit qu'elle reviendrait prendre de ses nouvelles à son retour de l'école.

À présent, en pensant à l'œuf d'or, Blanche se sent tout étourdie. Elle trébuche et Cendrillon la rattrape par le bras.

— Ça va? demande gentiment son amie.

Blanche ne veut pas souffler mot aux nains de ses nuits étranges et de ses rêves obsédants, mais elle se dit qu'elle devrait peut-être en parler à ses amies.

— J'ai l'impression de ne pas avoir dormi depuis des jours, commence-t-elle.

Cendrillon hoche la tête d'un air compatissant. Blanche est sur le point de poursuivre, quand elle se fait interrompre par une voix derrière elle.

— Cendrillon, Blanche, Raiponce et Rose! s'exclame Ariane, la fille du meunier. Vous êtes toujours ensemble, toutes les quatre! Vous êtes inséparables, ma parole!

Elle éclate de rire. Blanche fait de même tout en resserrant sa prise autour de la taille de la fausse Raiponce.

— Hé oui! lance-t-elle.

Si seulement la pauvre fille savait!

— Raiponce, est-ce une nouvelle coiffure que tu caches là? demande Ariane.

Elle se penche pour regarder sous le voile du mannequin. Blanche doit réagir très rapidement pour l'empêcher de voir la botte de foin qui est en dessous.

— Sa coiffure est complètement ratée, aujourd'hui, lui chuchote Rose sur le ton de la confidence.

La fille du meunier fait un signe de tête d'un air compréhensif.

— Heureusement qu'elle a une bonne amie comme toi, Belle, murmure-t-elle avant de s'éloigner.

Cendrillon pousse doucement Blanche vers le couloir de gauche.

— On l'a échappé belle!

Blanche hoche la tête. Elle doit se concentrer si elle veut éviter que Raiponce ait des ennuis. Elle serre la taille du mannequin en souhaitant que la véritable Raiponce revienne vite... et indemne!

Les trois filles et leur mannequin franchissent la grande porte du cours d'autodéfense. Un décor de forêt y est déjà installé.

— Assoyons-nous derrière cet arbre, dit Rose en désignant le côté opposé du local.

— Bonne idée, dit Cendrillon.

Les trois amies conduisent « Raiponce » de l'autre côté de la pièce et s'assoient au pied de l'arbre, appuyant le mannequin contre des buissons.

— Ouf! fait Rose en se tamponnant le visage avec un mouchoir de dentelle. Ce n'est pas évident!

Cendrillon jette un coup d'œil aux autres Chemises qui entrent dans la classe. Personne ne regarde dans leur direction.

— Tout va bien jusqu'ici, dit-elle doucement. Espérons que tout se déroule aussi bien à l'École de charme.

Blanche prend une grande inspiration. Maintenant que « Raiponce » est à l'abri des regards, elle veut parler à ses amies du malaise qu'elle éprouve.

— Il y a quelque chose d'inhabituel... commence-t-elle.

— Je le sais bien, la coupe Rose. Au moment où on se parle, Raiponce se fait passer pour un prince charmant!

Cendrillon et elle éclatent de rire.

— Non, je veux dire dans mes rêves, reprend la jeune fille, qui se fait cette fois interrompre par l'arrivée de Mme Petitpas.

L'enseignante rejette sa longue tresse argentée par-dessus son épaule et tape des mains pour attirer l'attention de ses élèves.

— Aujourd'hui, nous allons apprendre l'art de l'esquive et de l'élan. Ces mouvements peuvent paraître simples, mais ils sont difficiles à exécuter. Il est toutefois essentiel de les maîtriser, car ils sont particulièrement utiles lorsqu'on est poursuivi par un être redoutable comme un ogre ou un géant.

Blanche se fige sur place. Pourquoi Mme Petitpas parle-t-elle d'un géant? Ce simple mot donne des frissons à la jeune fille. En l'entendant, elle se rend compte qu'elle n'a pas seulement rêvé de gruau et de poules. Il y avait aussi un géant dans ses rêves. Un géant épouvantable! Et comme ses rêves ont tendance à se réaliser...

Elle porte la main à sa bouche pour étouffer une exclamation horrifiée. Ce faisant, elle relâche son emprise sur « Raiponce ». Elle tend aussitôt la main pour rattraper le bras du mannequin. Mais tout ce qu'elle réussit à saisir, c'est une poignée de paille!

Heureusement, Cendrillon est auprès d'elle. Elle écarte son amie, lance le mannequin sur le sol et s'agenouille à ses côtés, tout en tirant sur les jupes de Blanche pour qu'elle fasse la même chose.

— T'es-tu blessée, Raiponce? demande Cendrillon d'une voix forte en donnant des petits coups dans les côtes du mannequin.

Blanche reste muette, les yeux fixés sur Cendrillon.

— Fais comme moi, chuchote cette dernière. Bien sûr que nous pouvons t'emmener voir l'infirmière, Raiponce, reprend-elle à voix haute. N'est-ce pas, madame Petitpas?

Sans attendre la réponse de l'enseignante, la jeune fille remet « Raiponce » sur ses pieds. Rose saisit l'autre côté du mannequin, qu'elles entraînent toutes deux à l'extérieur de la classe.

Blanche leur emboîte le pas, une poignée de paille dans la main.

Chapitre 10
Requête accordée

Sans son armure, Raiponce se sent légère comme une plume. Mais une fois à l'intérieur de l'École des princesses, son uniforme de prince risque d'attirer l'attention. Elle fonce dans le couloir à toute vitesse. Elle ne sait pas comment elle va avertir ses amies de son retour. Elle doit faire vite : elle a besoin de sa robe!

Elle tourne le coin, puis s'immobilise en dérapant. La porte du cours d'autodéfense est en train de s'ouvrir. Raiponce se met aussitôt à courir dans l'autre direction, mais elle se fait rapidement rattraper par Blanche, Cendrillon, Rose et son alter ego.

— Vite, au petit coin des princesses! siffle Cendrillon.

— Nous sommes heureuses que tu sois là! chuchote Rose quand elles entrent dans l'élégant cabinet de toilette. Comment ça s'est passé?

— Comme un charme! se vante Raiponce. Tous les garçons se sont étalés comme des crêpes! Vous auriez dû voir... commence-t-elle.

— Nous n'avons pas de temps pour les détails, l'interrompt Cendrillon en lui enlevant sa tunique.

Rose et Blanche sont déjà en train de retirer le foin de sa robe. Il y a des brins de paille partout. Les cheveux des filles en sont couverts, et des brindilles grattent le cou de Raiponce quand elle enfile sa robe.

Rose vient de finir d'attacher le dernier bouton quand elles entendent des pas dans le couloir. Un instant plus tard, la porte s'ouvre et Mme Petitpas entre dans la pièce.

— Je suis allée voir l'infirmière, mais elle m'a dit que vous n'étiez pas allées à son bureau, dit l'enseignante d'un air perplexe et inquiet en observant le sol jonché de paille. Est-ce que vous allez bien, Raiponce?

La jeune fille regarde Cendrillon, qui avale sa salive. Pourquoi donc ses amies étaient-elles si pressées de sortir du cours d'autodéfense?

— Très bien, répond-elle en souriant.

Du coin de l'œil, elle peut voir son uniforme de prince en tas sur le plancher. Elle avance le pied discrètement et fait glisser le vêtement sous ses jupes, mais pas avant que Mme Petitpas ne baisse les yeux. Sans même regarder dans le miroir, Raiponce sait qu'elle a le visage tout rouge. Elle fait un pas en avant. Le tournoi de joute s'est bien déroulé, mais à moins d'un miracle, elle sait qu'elle ne pourra pas participer aux éliminatoires demain et après-demain. Leur secret est éventé.

Elle va ouvrir la bouche pour tenter d'arranger les

choses, quand Mme Petitpas sourit.

— Je suis heureuse de voir que vous allez bien, ma chère, dit l'enseignante. Mais je ne sais toujours pas ce qui vous est arrivé, ajoute-t-elle en levant un sourcil.

Les amies de Raiponce répondent toutes en même temps :

— Une écharde! lance Rose.

— Elle s'est évanouie, balbutie Blanche.

— Elle a trébuché, dit Cendrillon.

— J'ai, heu, trébuché, puis je me suis fait une écharde et je me suis évanouie, explique Raiponce, qui a un regain d'espoir.

Si elle n'était pas si nerveuse, elle éclaterait de rire. Tant d'agitation pour une simple écharde, alors qu'elle vient d'affronter et de vaincre trois chevaliers armés! Si l'enseignante savait...

Mme Petitpas les regarde tour à tour dans les yeux. Blanche gigote d'un air gêné. Raiponce se sent coupable d'avoir entraîné ses amies dans ses histoires.

— Bon, le plus important, c'est que vous ne soyez pas blessée, dit Mme Petitpas. Je voulais vous parler seule à seule, Raiponce. Mais comme ce que j'ai à dire vous concerne toutes, je vais aborder le sujet maintenant, dit-elle en se redressant de toute sa taille et en croisant les bras sur sa poitrine. Je suppose que vous savez toutes qu'un tournoi de joute se déroule en ce moment à l'École de charme.

Elle observe Raiponce pour voir sa réaction. La jeune fille essaie de ne pas broncher. Elle ouvre de grands yeux

65

et hoche la tête, espérant que c'est là l'expression qui convient.

— J'ai vu votre requête passionnée sur le bureau de Dame Bathilde, demandant que les élèves de l'École des princesses soient autorisées à assister au tournoi. Mais je n'aurais pas pensé...

Raiponce, qui, jusque-là, retenait son souffle, expire bruyamment. Voilà donc de quoi elle voulait lui parler! Elle a rédigé ce mot il y a des semaines, quand tout ce qu'elle souhaitait, c'était de voir Stéphane participer au tournoi. Évidemment, elle a présumé que sa demande serait refusée, mais elle tenait tout de même à essayer. Elle n'a jamais pensé que cela risquait d'attirer l'attention sur le fait qu'elle participe elle-même au tournoi!

— C'était une démarche audacieuse, j'en conviens, dit-elle à la professeure. Je n'aurais pas dû déranger la directrice.

Elle baisse la tête et enfouit ses mains calleuses dans ses jupes.

— C'était audacieux, en effet, dit Mme Petitpas, qui n'a pas l'air fâchée. C'est pourquoi je voulais que vous soyez la première à apprendre que Dame Bathilde accède à votre requête! Toutes les princesses pourront prendre place dans les gradins de l'École de charme pour assister au reste de la compétition!

Raiponce regarde ses amies. Voilà une nouvelle qui dépasse leurs espérances! Il sera bien plus facile de se faufiler hors des gradins que de s'absenter de l'école. Et tant que son armure dissimulera son identité, la compétition pourra continuer... avec elle!

Rose, Cendrillon et Blanche lui sautent au cou.

— C'est merveilleux! s'exclame Rose, qui trépigne d'enthousiasme.

Mme Petitpas sourit; ses yeux verts pétillent.

— Et maintenant, retournons en classe.

Cendrillon tient la porte ouverte pour s'assurer que Mme Petitpas sort en premier. L'enseignante jette un dernier regard dans la pièce avant de précéder les élèves dans le couloir. Raiponce s'arrête un instant pour se gratter la cheville et ramasser son uniforme. En franchissant la porte, elle entend Mme Petitpas marmonner quelque chose au sujet de l'équipe de nettoyage.

— Ils bâclent vraiment leur travail, dit-elle. On dirait une écurie, là-dedans!

Chapitre 11

Motus et bouche cousue

— Je n'arrive pas à croire que nous sommes ici! Quelle chance! dit Cendrillon en rassemblant ses jupes.

Elle s'assoit gracieusement sur un gradin à côté de Blanche et Rose, avant de promener son regard sur le terrain.

— J'aimerais être l'écuyère de Raiponce, dit Rose. Je ne tiens pas en place!

— Et toi, comment ça va? chuchote Cendrillon en direction de ses pieds.

La voix étouffée de Raiponce lui parvient de sous les gradins.

— Très bien, grogne-t-elle. Ce sont seulement ces satanées boucles! J'aimerais que Rose soit mon écuyère, moi aussi!

Cendrillon et Rose gloussent devant l'embarras de leur amie. Puis Cendrillon reprend son sérieux :

— Chut! fait-elle. Il ne faut pas que les professeurs remarquent ton absence!

— Attends, Raiponce! dit Rose. Je descends aussi! Cendrillon, fais le guet!

Après s'être assurée qu'aucun professeur de l'École des princesses ne regarde dans sa direction, elle se glisse entre les planches des gradins pour rejoindre Raiponce, qui essaie d'enfiler son armure dans un coin sombre.

Cendrillon hoche la tête. Toutes ces allées et venues furtives sont bien plus amusantes que les corvées que lui impose sa belle-mère! Elle est tout de même un peu nerveuse. Elle donne un coup de coude à Blanche, assise en silence à ses côtés.

— Tu ne dis rien, Blanche. Tu n'es pas contente d'avoir congé? Tu dois trouver que les chevaux sont magnifiques, non?

Blanche cligne des yeux comme si elle se réveillait.

— Hum? Oh, pardon. Je suis un peu endormie.

« Endormie » n'est pas le mot que Cendrillon emploierait pour décrire l'air désorienté que son amie affiche ces temps-ci. Mais elle n'a pas le temps d'insister. Sur le terrain, les simulacres de batailles s'achèvent, et les écuyers appellent les numéros des concurrents pour les premières épreuves.

— Vite, Raiponce! chuchote Cendrillon. Ce sera bientôt ton tour!

— Les boucles et les lanières de cette armure sont si compliquées! dit Raiponce d'une voix forte.

Rose la fait taire, mais pas assez vite. Plusieurs princesses assises à proximité se mettent à regarder par les interstices des planches sous leurs pieds. Cendrillon

69

les voit s'incliner l'une vers l'autre en chuchotant.

Pendant un moment, elle est envahie par la panique. Si l'une d'entre elles raconte tout à Dame Bathilde ou à Mme Garabaldi, la compétition d'aujourd'hui sera terminée avant même d'avoir commencé! Mais les seules filles qui ont vu Raiponce sont des Chemises. Elles ne la dénonceraient pas. Du moins, c'est ce qu'espère Cendrillon.

Un doigt sur les lèvres, elle se penche vers ses camarades et leur dit sur le ton de la confidence :

— Raiponce est notre championne clandestine. Si elle gagne, toutes les Chemises vont partager le grand prix!

Un frisson d'excitation parcourt le groupe de Chemises. Cendrillon espère que le secret ne sortira pas de leur classe. Si Javotte ou Anastasie apprenaient ce qu'elles mijotent, les conséquences seraient terribles.

Rose remonte et se rassoit, comme si elle venait simplement de se lever pour faire signe à une amie. Elle remarque l'air inquiet de Cendrillon et chuchote aux Chemises qui les entourent :

— Motus et bouche cousue. C'est un secret entre les Chemises de première année.

Certaines sourient et tapent des mains d'un air ravi. D'autres la fixent d'un regard ébahi, comme si une pareille chose leur semblait impossible. Cendrillon ne veut pas savoir ce qu'elles pensent. Tout ce qui lui importe, c'est qu'elles ne vendent pas la mèche.

— J'ai une belle cape d'équitation, dit Carmine Écarlate. Je n'ai jamais l'occasion de la porter. Les écuries de Pigastrelle seraient l'endroit idéal! Penses-tu que nous aurons vraiment le droit d'y aller?

— C'est presque garanti, du moment que Raiponce ne se fait pas démasquer, l'assure Cendrillon d'une voix calme.

Mais en son for intérieur, elle est loin d'être aussi convaincue. Elle aperçoit soudain une silhouette qui traverse le terrain et se dirige vers une stalle occupée par une superbe jument. Le numéro 17 a l'air d'un vrai chevalier. Toutefois, Raiponce a beau se battre comme un chevalier, Cendrillon n'est pas certaine que le groupe de princesses sera admis aux écuries de Pigastrelle si elle gagne.

— Regarde là-bas! dit Rose en désignant Pat, qui leur fait signe des gradins de l'autre côté du terrain. Je suppose qu'il a été éliminé.

Le jeune homme n'a pas l'air déçu. Il leur fait de grands gestes de la main. D'un air modeste, Cendrillon envoie un petit coup de mouchoir dans sa direction, mais il n'a pas l'air de le remarquer.

— Nous devrions le saluer avant qu'il se blesse! dit-elle en lui faisant signe de la main.

Rose agite son propre mouchoir de dentelle. Quant à Blanche, malgré toute son excitation, elle s'est endormie, la tête sur l'épaule de Rose.

— Regarde, Blanche! C'est Stéphane! Raiponce a bien dit qu'il portait le numéro 5, n'est-ce pas?

Le prince Stéphane arpente le terrain sur sa monture, s'exerçant à galoper et à saluer humblement.

— Il a l'air sûr de lui, glousse Rose.

Les chuchotements des Chemises se calment quand le numéro 17 sort de l'écurie.

— Elle a une allure du tonnerre, déclare Cendrillon. Elle a l'air d'une vraie championne!

— Elle *est* une championne, réplique Rose. Elle va gagner, j'en suis certaine!

Cendrillon aimerait avoir autant de certitude. Elle a confiance en son amie, bien sûr, mais la plupart des princes de l'École de charme montent à cheval et manient la lance depuis leur plus jeune âge. De plus, toutes ces cachotteries la rendent nerveuse.

Les Chemises applaudissent un peu plus fort en voyant le numéro 17 galoper devant les gradins pour aller prendre sa place.

Un écuyer conduit la jument de Raiponce à la ligne de départ. Puis, sans plus de cérémonie, Raiponce se met à galoper vers son adversaire, le numéro 14, sa lance pointée fermement devant elle. Cendrillon voudrait bien fermer les yeux quand les deux combattants se rencontrent au centre. Dans un fracas de métal, la lance de Raiponce frappe le bouclier de l'autre chevalier, qui tombe sur le sol comme une poire trop mûre.

Cendrillon pousse un soupir de soulagement.

— Ils s'étalent comme de vraies crêpes, murmure-t-elle, répétant les paroles de Raiponce la veille.

Blanche est toujours en train de somnoler, mais les autres Chemises applaudissent à tout rompre. Cendrillon espère que les enseignantes assises à l'avant ne seront pas surprises par leur excès d'enthousiasme.

— Je savais qu'elle était douée, mais pas à ce point! dit Cendrillon.

Elle pousse doucement Blanche pour la réveiller. Son amie est peut-être fatiguée, mais il ne faut pas qu'elle rate ça.

— Hé, Blanche! Tu auras peut-être l'occasion de rencontrer les chevaux de Pigastrelle, après tout!

Elle essaie d'avoir l'air convaincue, malgré ses doutes. Elle veut à tout prix rasséréner sa pauvre amie. Haussant les sourcils, elle examine le visage pâle et endormi de Blanche, et attend qu'un sourire apparaisse sur ses lèvres couleur rubis. Mais ce qui se produit ensuite est encore plus étonnant que la victoire facile de Raiponce.

Blanche Neige fond en larmes.

Chapitre 12
Le blanc et le noir

Raiponce baisse sa lance et met Vertu au trot en arrivant au bout de la piste. Si le numéro 14 est Hugo Charmant, il a encore besoin des conseils de son fameux oncle! Il chancelait comme une toupie sur sa monture!

Quel bonheur de monter de nouveau la jument! Chevaucher semble naturel à Raiponce, même avec sa lourde armure. Sachant que ses amies la regardent et l'encouragent, la perspective d'affronter les princes plus âgés ne lui fait pas peur. Elle jette un coup d'œil aux gradins et aperçoit Rose et Cendrillon penchées vers Blanche. Elles l'ont vue gagner, n'est-ce pas?

Elle se retient de leur faire signe et se concentre plutôt sur la joute. C'est si enivrant!

— Je ne me suis jamais autant amusée de toute ma vie, chuchote-t-elle à l'oreille de Vertu.

C'est la vérité, mais elle ne sait pas trop pourquoi. Est-ce la vitesse? Le danger? Le plaisir de la victoire? Peu importe, tout cela se conjugue pour lui donner une impression de liberté. La jeune fille sourit sous son heaume. « Ça me ressemble bien de me sentir libre quand je suis enfermée dans une cage métallique comme cette armure! » Elle flatte sa monture et la fait tourner pour regarder la prochaine épreuve.

Les numéros 20 et 23 se percutent dans un fracas de lances et d'armures. Même Raiponce fait la grimace. Le son est horrible. Les deux jouteurs atterrissent sur le sol boueux avec un bruit de succion.

— Heureusement que je suis restée en selle! murmure Raiponce, étonnée d'avoir elle-même pris part à un affrontement si violent. Ils n'ont pas tellement de style, tu ne trouves pas? dit-elle à Vertu quand deux autres chevaliers se précipitent l'un sur l'autre en entrechoquant leurs lances. On a mal rien qu'à les regarder!

Malgré la maladresse des combattants, Raiponce est fascinée. Elle adore tout ce qui concerne la joute, même la ridicule armure qui pèse sur ses épaules et lui tient chaud.

Elle commence à être légèrement étourdie quand on annonce la prochaine épreuve. Stéphane est l'un des concurrents!

L'armure du jeune homme jette des reflets d'argent et son cheval est d'un blanc pur. Raiponce ne peut pas s'empêcher de l'admirer. Il se tient droit sur sa selle et a toutes les raisons de se sentir sûr de lui. Il est l'un des meilleurs jouteurs de la compétition.

À l'autre extrémité de la piste, Raiponce voit Hugo

Charmant chuchoter quelque chose à l'autre concurrent, un grand chevalier vêtu, tout comme lui, d'une armure noire.

— Ce doit être son frère Laurent, le détenteur du titre, dit Raiponce à Vertu.

La jeune fille est tiraillée. Elle voudrait que Stéphane remporte la victoire, mais est-ce seulement pour pouvoir le vaincre elle-même par la suite?

Vertu hennit et secoue la tête quand Stéphane éperonne son cheval. Elle a l'air aussi stimulée par le combat que Raiponce.

Le grand chevalier accélère en pointant sa lance, pratiquement immobile sur sa selle. En approchant, Stéphane semble rapetisser au lieu de paraître plus grand.

Le choc est foudroyant. Les deux chevaliers ont reçu un coup, mais on dirait bien qu'ils vont demeurer en selle et reprendre leurs positions pour poursuivre le combat. Puis, au dernier moment, Stéphane se penche en avant et réussit à assener un deuxième coup du coin de son bouclier de métal — une tactique de dernier recours que lui a enseignée Raiponce.

Lorsque le chevalier noir pique du nez vers le sol, Raiponce se retient d'applaudir. Elle est si fière que Stéphane ait réussi à renverser le détenteur du titre!

Pendant que Stéphane fait un tour de piste triomphal en agitant la main vers les princesses dans les gradins, elle aperçoit les parents du jeune homme. La reine est impeccable dans sa nouvelle toilette. Quant au roi, il bombe la poitrine. Ils paraissent encore plus fiers qu'elle!

Au fond d'elle-même, Raiponce sent des émotions contradictoires se heurter, à l'image des combats qui se déroulent sous ses yeux. Elle détourne le regard, descend de sa monture et se dirige vers les parchemins pour voir le classement. Stéphane est son ami, mais il est aussi son adversaire. Peut-être le plus redoutable. Elle ne peut pas applaudir sa victoire si elle veut le vaincre, n'est-ce pas?

Le cœur battant, la jeune fille promène son doigt ganté de métal le long de la liste des concurrents. Son cœur s'arrête soudain de battre. Sa plus grande crainte et son plus grand espoir sont confirmés. Si Stéphane gagne une fois de plus aujourd'hui, et si elle remporte deux victoires, ils s'affronteront aux finales demain.

« C'est ce que tu voulais, non? se dit-elle en revenant vers son cheval. Un combat *loyal*? »

— Eh oui, dit-elle à Vertu.

Elle imagine l'expression de Stéphane quand elle enlèvera son casque et qu'il comprendra qu'elle l'a combattu, ainsi que les autres princes. Le Stéphane d'autrefois rirait et lui donnerait une tape dans le dos, mais qu'en sera-t-il du nouveau Stéphane, si rempli d'orgueil? Comment réagira-t-il?

« Il est toujours mon bon vieux Stéphane, qui a le sens de l'humour, se dit-elle pour se rassurer. En plus, il doit apprendre à ne pas sous-estimer une princesse. »

Elle entend qu'on appelle son numéro. Tirée de ses pensées, elle va prendre sa position.

— Inutile d'imaginer toutes sortes de possibilités,

Vertu. Nous avons une joute à remporter!

Pourtant, même après avoir défait un autre prince, elle ne peut pas se débarrasser de sa plus grande crainte. Stéphane lui pardonnera-t-il de lui avoir volé un honneur si convoité? S'apprête-t-elle à faire basculer leur amitié dans la boue, en même temps que son ami?

Raiponce aimerait pouvoir secouer sa propre crinière, comme le fait sa jument. Cela lui éclaircirait peut-être les idées et chasserait ses pensées négatives. Elle ne doit pas oublier les raisons qui lui ont fait enfiler cette armure.

— Il a refusé de m'affronter dans un combat loyal, chuchote-t-elle, autant pour elle-même que pour Vertu. Il a dit qu'aucun prince n'accepterait de prendre les armes contre une princesse, et encore moins de lui concéder la victoire.

Elle hoche la tête et sent toute sa détermination revenir. « Le vaillant prince Stéphane a plus à apprendre que quelques mouvements de joute. Et je suis la princesse tout indiquée pour lui donner cette leçon. »

Chapitre 13

Aveux

— Qu'est-ce que tu as, Blanche? demande gentiment Cendrillon en essuyant une larme sur le visage de son amie.

Rose détourne les yeux de la piste.

— Tu dois nous dire ce qui se passe, insiste-t-elle.

Blanche se mord la lèvre inférieure pour l'empêcher de trembler.

— Je n'en suis pas sûre, dit-elle. C'est ça, le pire!

— Tu n'as qu'à commencer par le commencement, l'encourage Cendrillon.

Blanche prend une profonde inspiration et se redresse.

— Je ne me sens pas dans mon assiette, dit-elle. Même après une longue nuit de sommeil, je me réveille fatiguée et endolorie. Mes bras et mes jambes me font mal, comme si j'avais transporté des bûches toute la nuit jusqu'au poêle. Et puis, il y a mes rêves! ajoute-t-elle en sentant ses yeux s'embuer de nouveau. Je crois qu'ils se réalisent!

Cendrillon lui masse doucement le bras.

— Parle-nous de ces rêves.

— D'abord, j'ai rêvé d'une poule. Le matin, quand je suis allée ramasser les œufs, il y avait une nouvelle poule dans le poulailler! Le lendemain, j'étais en train de cueillir des fleurs en fredonnant une mélodie, quand une harpe s'est mise à m'accompagner dans la remise!

— Une harpe? répète Rose, interloquée.

— Elle t'accompagnait? ajoute Cendrillon.

— On dirait de la magie, dit Rose d'un ton pensif.

Cendrillon fronce les sourcils.

— Crois-tu que cela a quelque chose à voir avec Malodora? chuchote-t-elle en frissonnant.

Blanche a une exclamation horrifiée en entendant le nom de sa terrible belle-mère. Ses yeux s'emplissent encore de larmes. Malodora est la directrice de l'école Grimm pour les sorcières. Elle s'est maintes fois servie de sa magie pour nuire à Blanche.

— Je n'avais pas pensé à ça! gémit la jeune fille.

Soudain, la foule pousse des acclamations quand un combattant à l'armure luisante entre en piste.

— C'est encore Stéphane! s'écrie Cendrillon.

Blanche se redresse pour mieux voir le terrain. Mais elle ne distingue pas grand-chose à travers ses larmes.

Le drapeau s'abaisse et Stéphane s'élance sur la piste. Il tient sa lance bien droite pendant que sa noble monture galope à toute vitesse vers son adversaire, un grand prince maigre à l'armure cabossée. Quelques secondes avant d'emboutir son opposant, Stéphane change sa lance de main. L'autre prince n'a pas le temps de réagir. La lance de Stéphane frappe le côté gauche de son bouclier, le faisant basculer sur le sol.

La foule applaudit à tout rompre.

— Bravo, Stéphane! crie Rose en se levant d'un bond.

— Quelle attitude peu digne d'une princesse, Rose! la réprimande Cendrillon avec un sourire. De plus, c'est Raiponce que tu dois encourager!

— C'est ce que je fais! réplique Rose. Elle était l'instructrice de Stéphane, après tout!

Blanche sourit faiblement aux plaisanteries de ses amies. Elle sait qu'elle devrait être heureuse d'assister au tournoi, de pouvoir admirer ces chevaliers et leurs superbes chevaux... et de ne pas être en classe! Mais sa vie est tellement chamboulée qu'elle se sent comme engourdie. Et fatiguée. Elle n'a pas assez d'énergie pour encourager quiconque, pas même l'une de ses meilleures amies.

Avec un énorme soupir, elle contemple le terrain boueux. Raiponce se prépare de nouveau à combattre, cette fois contre un grand garçon à l'armure bleutée.

— Il a l'air redoutable! chuchote Cendrillon.

— Si Raiponce gagne cette épreuve, elle pourra participer aux finales de demain, dit Rose en hochant la tête. Tout comme Stéphane!

Le drapeau s'abaisse. Blanche a une boule dans la gorge. Elle saisit les mains de ses amies. La foule observe en silence les deux chevaliers qui galopent l'un vers l'autre.

Le martèlement des sabots résonne dans la tête de

Blanche, qui se remémore soudain d'autres bruits de pas qu'elle a entendus en rêve. Des pas de géant!

« Et si je faisais apparaître un géant? se demande-t-elle avec un frisson. Tout le royaume serait en danger... et ce serait ma faute! » Elle a rêvé d'un géant, elle en est certaine à présent. Comme pour le gruau, la harpe et la poule!

Sur le terrain, Raiponce et son opposant se percutent dans un fracas de métal, assenant tous deux un coup de lance au centre du bouclier adverse. Blanche a une exclamation étouffée en voyant Raiponce perdre l'équilibre pendant un moment, avant de serrer les jambes pour demeurer en selle. Le chevalier bleu fait de même. Aucun n'étant tombé, ils doivent s'affronter de nouveau.

Blanche résiste à l'envie de fermer les yeux quand les deux chevaliers s'apprêtent à s'élancer une fois de plus sur la piste. Ces affrontements semblent si douloureux! Et si les chevaux se blessaient? Pire encore, si Raiponce se blessait?

À côté d'elle, Rose et Cendrillon se penchent en avant avec fébrilité. Le drapeau s'abaisse et les chevaux partent au galop. Les deux cavaliers tiennent fermement leurs lances. Ils sont presque à la même hauteur quand Raiponce s'incline sur sa selle en baissant sa lance, frappant son adversaire près de la taille. Le garçon est si surpris qu'il manque de lâcher son bouclier. Raiponce se retourne et lui assène un coup sur l'épaule, plus léger, cette fois. Le prince tombe sur la piste.

La foule est en délire. Les Chemises se lèvent en se bousculant les unes les autres. De l'autre côté du terrain, les spectateurs de l'École de charme trépignent en poussant des cris de joie. Quelle surprise! Le prince étendu sur le sol n'est nul autre qu'Émile Pantaléon, l'élève de quatrième année dont on n'avait pas cessé de vanter les talents.

— Elle a réussi! s'écrie Cendrillon, qui écrase presque le pied de Rose.

— Bien sûr qu'elle a réussi, dit cette dernière avec fierté.

— Bien sûr, répète Cendrillon en se rassoyant. Maintenant, parle-nous de cette étrange magie, reprend-elle en scrutant le visage marbré de Blanche.

La jeune fille secoue la tête.

— Je ne sais pas quoi vous dire, avoue-t-elle d'un air accablé. Quand je m'endors, je me mets à rêver. Je vois d'abord de grandes feuilles vertes, puis je commence à grimper. Je grimpe, je grimpe, puis les choses deviennent encore plus étranges. Ensuite, à mon réveil, certains des détails de mon rêve se concrétisent, dit-elle en sanglotant. Mais je n'aurais jamais pensé que la réalisation d'un rêve prendrait cette forme! Je n'ai rien dit aux nains, car je ne veux pas les inquiéter. En plus, j'ai bien peur que la nouvelle poule soit malade. Regardez!

Elle sort l'œuf d'or de sa poche.

Rose et Cendrillon fixent l'œuf des yeux. Il luit doucement au soleil.

Blanche renifle et s'essuie les yeux.

— Je l'ai vu en rêve, dit-elle, puis je l'ai trouvé dans le pondoir. Mes rêves se réalisent tous! Et certains sont des cauchemars!

Chapitre 14
La fin des haricots?

Raiponce conduit Vertu dans sa stalle et lui donne une carotte qu'elle a prise dans le jardin de Mme Gothel et dissimulée sous son armure.

— Merci pour la galopade! chuchote-t-elle. Avec un peu de chance et d'habileté, demain, nous galoperons jusqu'à la victoire!

Elle donne une dernière caresse à la jument, puis sort de l'écurie. Elle a hâte de voir ses amies et de leur parler de la joute. Elle était heureuse qu'elles soient là pour l'encourager. Elle veut aussi se rendre à l'écurie de l'École des princesses pour retirer sa lourde armure. Ses épaules et ses bras sont tout endoloris d'avoir tenu cette lance pendant la chevauchée.

Elle appuie sa lance sur son épaule et traverse le terrain en cliquetant, s'efforçant de se mêler, le plus discrètement possible, aux princes. Mais comme elle fait partie des derniers concurrents, on commence à la remarquer, que cela lui plaise ou non.

— Voilà le numéro 17! lance quelqu'un.

— As-tu vu sa dernière manœuvre? réplique un prince. Je n'ai jamais vu un jouteur aussi habile. Sais-tu de qui il s'agit?

Raiponce sourit derrière sa visière. Ses techniques commencent à attirer l'attention, et elle aussi! Elle le mérite bien. Elle regarde en direction des gradins pour tenter d'apercevoir ses amies, mais elles ne s'y trouvent pas.

« Elles m'attendent probablement à l'écurie », pense-t-elle en franchissant la haie qui sépare les deux écoles. Elle se hâte vers l'écurie et ouvre la porte d'un coup sec.

« Votre championne est là! » annonce-t-elle en enlevant son heaume.

Des voix lui parviennent de leur stalle habituelle, mais ses amies ne semblent pas l'avoir entendue.

— Ohé! appelle-t-elle.

Elle se penche dans l'ouverture de la stalle et voit Cendrillon, Rose et Blanche blotties les unes contre les autres.

— M'avez-vous vue désarçonner le dernier prince? demande-t-elle en brandissant sa lance. Vous saviez qu'il s'agissait d'Émile Pantaléon? Encore deux victoires, et je m'empare du titre!

— Bravo! dit Rose. Tu as été excellente.

Elle s'approche de Raiponce et la serre dans ses bras, puis commence à défaire les boucles et les lanières de son armure.

— Nous devons t'enlever tout ça avant d'aller à la maison des nains, poursuit-elle. Blanche a quelque chose

86

à nous montrer.

Raiponce est vaguement déçue que ses amies ne soient pas plus emballées par sa victoire. Mais lorsqu'elle voit le visage strié de larmes de Blanche, sa déception fait place à l'inquiétude.

— Blanche! s'exclame-t-elle en retirant ses jambières. Qu'est-ce que tu as?

Rose lui enlève son plastron.

— Nous t'expliquerons en route, dit-elle. Partons au plus vite.

Les quatre filles dissimulent l'armure derrière des meules de foin et Raiponce s'empresse d'enfiler sa robe. Elles se dirigent ensuite vers le sentier qui mène à la maison des nains.

— Blanche fait d'étranges rêves depuis une semaine, explique Cendrillon tout en marchant. Et quand elle se réveille, ils se réalisent!

Raiponce plisse le nez, perplexe.

— Qu'est-ce que tu veux dire?

— Je sais, ça paraît incroyable, dit Blanche en reniflant. Mais c'est la vérité! C'en est au point où j'ai peur de rêver!

— Montre-lui ton œuf d'or, dit Cendrillon.

— Je peux lui en montrer plusieurs, répond Blanche en secouant la tête. Nous sommes arrivées.

La jeune fille s'arme de courage et traverse la pelouse bien tondue pour se rendre au poulailler. À l'intérieur, une demi-douzaine de poules sont sur les pondoirs.

— Elles ont l'air tout à fait normales, murmure Rose

en observant les volailles.

— Il ne faut pas se fier aux apparences, dit Blanche.

Elle glisse la main sous une poule brune tachetée et en retire un œuf d'or, puis un deuxième, et un troisième.

— Ils sont vraiment en or? souffle Raiponce.

Blanche hoche la tête et lui tend un des œufs. Il est lourd et tout chaud.

— J'en ai donné un aux nains, sans leur dire d'où il venait, explique-t-elle en prenant la poule dans ses bras pour flatter ses douces plumes. Ils ont vu tout de suite qu'il s'agissait d'or véritable. Mais pour s'en assurer, Prof l'a examiné avec les verres grossissants qu'il utilise à la mine. Il n'y a aucun doute : l'œuf est bel et bien en or massif.

Raiponce soulève l'œuf dans la lumière du soleil, qui se reflète sur sa surface luisante.

— Ils doivent valoir chacun dix pièces d'or!

— Quinze, selon Grincheux. Mais à mes yeux, ils ne valent rien, puisqu'ils n'écloront jamais!

Cendrillon tend la main vers Blanche pour la réconforter, quand une jolie mélodie se fait entendre.

— Et voilà, dit Blanche en soupirant. C'est le son de la harpe de mes rêves.

Raiponce entraîne ses amies hors du poulailler. La musique semble provenir de la remise. La jeune fille ouvre la porte. À côté des outils de jardin se trouve une harpe... qui joue toute seule!

— Tu as rêvé de cette harpe? demande Rose.

— Je crois que oui, sanglote Blanche, qui se remet à

caresser fébrilement la poule. Si tout ce que je rêve se matérialise...

Elle s'interrompt, trop bouleversée pour poursuivre.

— C'est très étrange, dit Raiponce. Depuis combien de temps fais-tu ces rêves?

— Les rêves où je grimpe... eh bien, depuis une semaine. La poule et la harpe, je les ai trouvées il y a deux jours.

— Il ne faut pas trop t'en faire, dit Raiponce pour la réconforter. Ce n'est pas la fin des haricots!

Blanche pâlit.

— Les haricots! s'exclame-t-elle en manquant de laisser échapper la poule. C'est à ce moment-là que tout a commencé!

Elle se dirige vers l'arrière de la maison, suivie de ses amies.

— De quoi parles-tu? demande Rose, avant de heurter Blanche, qui s'est immobilisée.

Raiponce et Cendrillon s'arrêtent à côté d'elles. Dans le jardin de Blanche s'élève une tige de haricot plus haute et plus large que le plus grand arbre de la forêt.

— Elle est presque aussi grosse que ma tour! s'écrie Raiponce.

— Et aussi haute que les tours de l'école! renchérit Cendrillon. Je crois même qu'elle les dépasse!

En effet, le sommet de la plante disparaît dans les nuages.

Raiponce s'approche de l'énorme tige pour l'examiner. Elle est en fait composée de trois tiges distinctes qui ont poussé ensemble pour former une espèce de corde très épaisse. Des feuilles de la taille d'un parasol poussent sur la tige et flottent dans la brise. Raiponce aperçoit des traces de pas sur toute la hauteur de la tige. On dirait que quelqu'un y est monté!

— Blanche, montre-moi tes chaussures, dit-elle.

La jeune fille soulève le bord de sa robe et ses amies examinent ses souliers. Ils sont maculés de terre et de taches vertes.

— Blanche, annonce Raiponce, tu as grimpé sur cette tige pendant ton sommeil!

Cette fois, Blanche laisse bel et bien échapper la poule, qui glousse bruyamment.

— Mais c'est impossible! s'écrie la jeune fille, qui ajoute aussitôt en écarquillant les yeux : Oh, mon Dieu! C'est vrai! J'ai grimpé sur cette tige toutes les nuits!

Elle lève les yeux vers le sommet de la tige et a un frisson. Tout lui revient d'un coup. Ses rêves ne se sont pas réalisés : ils était *réels*!

— J'ai grimpé, encore et encore, chuchote-t-elle. Plus haut que les nuages. Il y a tout un royaume là-haut, gouverné par un terrible géant. Il vit dans un énorme château de pierre. Et il torturait cette pauvre poule! s'écrie-t-elle en larmes, en se baissant pour ramasser le volatile. Il lui faisait pondre des œufs d'or sur commande, l'un après l'autre, sans la laisser se reposer. Et la harpe! Il lui faisait jouer des airs horribles. La poule et la harpe étaient malheureuses. Il fallait absolument que je les secoure!

90

Raiponce, Cendrillon et Rose la regardent fixement. Puis Blanche s'écroule sur le sol, la poule dans les bras.

— Qu'est-ce que je vais faire? sanglote-t-elle.

Chapitre 15
Cœur d'or

— Entrons à l'intérieur, suggère Rose en aidant son amie à se relever. Un peu de thé nous fera le plus grand bien.

Cendrillon ramasse la poule, qui a été si ébranlée par sa chute qu'elle a pondu un autre œuf d'or. Cendrillon tend l'œuf à Rose, puis caresse les plumes ébouriffées du volatile.

— Je mangerais bien un peu de compote, dit Blanche en reniflant.

— Tu ne préférerais pas une pointe de tarte? demande Rose en jetant un regard entendu à Cendrillon et Raiponce.

Elles se souviennent de la dernière fois où Blanche s'est gavée de compote de pommes : sa peau blanche est demeurée toute marbrée pendant des jours!

— Tu sais ce qu'un excès de compote peut faire à ta peau, dit Rose.

Raiponce et elle entraînent Blanche vers la porte. Cendrillon les suit, la poule dans les bras.

Une fois à l'intérieur, Raiponce fait asseoir Blanche à la longue table que les nains ont taillée dans un tronc d'arbre. Puis elle sort quatre tasses aux couleurs vives pendant que Rose fait bouillir de l'eau.

Cendrillon pose la poule par terre et découpe une des tartes aux bleuets de Blanche.

— Elle a l'air délicieuse, lui dit-elle.

Rose remplit la théière. Bientôt, les quatre amies sont attablées devant des tasses fumantes et d'appétissantes pointes de tarte.

— Je pense qu'il faut agir sans tarder, déclare Raiponce en déposant sa tasse. Ce vilain géant mérite une punition.

— Tu as bien assez de problèmes comme ça, chère chevalière! dit Rose en hochant la tête. De plus, si l'on se fie à la description de Blanche, il vaut mieux ne pas attiser la colère de ce géant.

— Il est vraiment épouvantable! dit Blanche en tremblant.

Elle fait rouler un bleuet dans son assiette. Soudain, elle ouvre la bouche, saisie d'une nouvelle inquiétude :

— Et si les nains décidaient de s'attaquer à lui? Ils ne sont guère plus gros que son petit orteil! Il pourrait écraser cette maison avec sa botte! dit-elle en regardant autour d'elle. C'est peut-être ce qu'il fera s'il s'aperçoit que j'ai volé la poule et la harpe!

Elle frissonne de nouveau.

— Mais non, dit Cendrillon d'un ton rassurant.

À son expression, Rose voit qu'elle n'est pas aussi

certaine qu'elle veut le faire croire.

Raiponce se lève d'un bond et se met à arpenter la pièce.

— Nous devrions peut-être couper la tige de haricot, dit-elle en ramassant une minuscule hache près de la cheminée. Le géant ne peut pas descendre de son château dans les nuages s'il n'y a plus de tige, n'est-ce pas?

— Je suppose que non, répond Blanche, qui regarde l'énorme tige par la fenêtre en reniflant. Mais je ne sais pas quoi faire avec la poule et la harpe. Oh, pourquoi les ai-je volées?

— Tu ne les a pas volées, tu les a *sauvées*, dit Rose pour la consoler. Tu ne les aurais jamais prises si elles avaient été bien traitées.

— Ou si le géant était gentil, ajoute Cendrillon.

— Même dans ton sommeil, tu es l'amie de toutes les créatures, Blanche! dit Raiponce en riant.

Blanche sourit. Rose est heureuse de voir qu'elle semble aller mieux.

— J'ai une idée! s'exclame Cendrillon. Pourquoi ne donnerais-tu pas la harpe, la poule et les œufs au garçon avec qui tu as fait l'échange? Après tout, ce sont *ses* haricots!

Blanche tape des mains.

— Oui, c'est ce que je vais faire! s'écrie-t-elle en se levant d'un bond. Je vais les donner à Jacques. Qu'est-ce que je ferais sans vous? ajoute-t-elle en sautant au cou de ses amies.

La jeune fille prend la poule et se dirige d'un pas léger, en gambadant presque, vers la remise du jardin.

— Viens avec nous, harpe magique, gazouille-t-elle. Nous allons te conduire à ton nouveau propriétaire!

Blanche tend la harpe à Rose et s'engage sur le sentier.

— Je ne sais pas exactement où il vit, mais je crois que c'est près du pont du Troll, explique-t-elle.

Rose s'efforce de la suivre, le souffle court. Blanche avance si vite!

La maison de Jacques se trouve bien près du pont. Le garçon est assis sur le pas de la porte. Le menton appuyé dans les mains, il a l'air abattu.

— Bonjour, Jacques! lance Blanche d'un ton enjoué.

Le garçon regarde Blanche d'un air perplexe, comme s'il ne se souvenait pas d'elle.

— Tu m'as échangé des haricots contre un sac de pommes, tu te rappelles?

— J'espère que tu ne veux pas reprendre tes pommes, gémit-il d'un air nerveux. Ma mère et moi les avons toutes mangées!

— Non, non, dit Blanche en souriant. Au contraire, je t'ai apporté quelque chose.

Jacques cligne des yeux et se gratte la tête. Lorsque Blanche lui montre la harpe, les œufs et la poule, il se frotte les mains d'un air avide.

— Mais ces œufs sont en or! s'exclame-t-il avec incrédulité quand Blanche les empile dans ses mains.

— Eh oui, dit tristement Blanche. Ils n'écloront

jamais pour donner d'adorables poussins. Et cette pauvre poule ne sera jamais mère, ajoute-t-elle en plongeant son regard dans les yeux de la poule tachetée.

— Mère! s'exclame Jacques. Je dois montrer tout ça à ma mère! Elle sera si contente!

Il glisse les œufs dans sa poche, met la poule sous son bras et prend la harpe des mains de Cendrillon. Puis il se tourne pour entrer dans la maison.

— À plus tard! lance-t-il par-dessus son épaule en ouvrant la porte avec sa hanche. Mère! Regardez ce que je vous apporte! Cette poule est magique. Elle pond des œufs d'or! Mère, nous sommes riches!

— Quel garçon ingrat! s'exclame Cendrillon en entendant Jacques se vanter de sa nouvelle fortune. Il n'a même pas mentionné le nom de Blanche!

— Ce n'est pas grave, dit Blanche d'un air satisfait. Je suis si heureuse d'être débarrassée de tout ce qui me rappelle mes étranges escapades nocturnes!

Rose lui passe un bras autour des épaules.

— Tu as vraiment un cœur d'or, Blanche. Tu vaux bien plus que ces œufs d'or.

— Tu es encore plus précieuse, approuve Raiponce.

— Tu es inestimable, ajoute Cendrillon.

Blanche serre ses amies dans ses bras.

— C'est votre amitié qui est inestimable, déclare-t-elle. Que ferais-je sans vous? Mais nous devons encore nous débarrasser de quelque chose.

Bras dessus, bras dessous, les quatre amies reviennent à la maison des nains. Elles y trouvent Prof, Atchoum,

Joyeux, Grincheux, Timide et Simplet rassemblés au pied de l'énorme tige. Quant à Dormeur, il somnole sous une feuille de haricot géante.

— Regardez ce qui a poussé dans notre jardin, dit Joyeux en enlevant son chapeau pour se gratter le crâne.

— Je sais, gémit Blanche. Je suis désolée! C'est à cause des haricots magiques que j'ai plantés. Cette tige mène au château d'un géant!

— Un géant? répète Grincheux, qui traverse la pelouse en se dandinant pour rejoindre les jeunes filles.

Les nains ont une expression inquiète, à l'exception de Grincheux, qui semble contrarié.

— Il faut couper la tige, déclare Raiponce.

Prof se caresse la barbe.

— Je crois avoir l'outil qu'il faut, dit-il en trottinant vers la remise.

Une minute plus tard, il en ressort avec une scie passe-partout. Six nains saisissent une poignée, pendant que les quatre filles s'emparent de l'autre.

Grincheux donne un petit coup de botte à Dormeur, mais le nain endormi ne bronche pas. Prof et Raiponce le transportent donc à l'écart et l'étendent sous un arbre. Un instant plus tard, ils commencent à scier la tige de haricot.

— Oh! hisse! Oh! hisse! À bas cette tige et ses maléfices! chantent les nains en chœur.

À force de tirer et de pousser la lame de la scie, les dix paires de bras viennent à bout de la tige, qui s'abat sur le sol avec une terrible secousse.

97

Dormeur s'assoit, bâille et cligne des yeux.

— Est-ce que j'ai manqué quelque chose?

— Une simple cueillette de haricots, répond Blanche avec un grand sourire.

Chapitre 16

Confrontation

Raiponce flatte les flancs de Vertu tout en observant le terrain grouillant d'activité. Elle est prête à participer à la prochaine épreuve. C'est le dernier jour des compétitions, un moment qu'elle attend depuis une éternité. Mais maintenant que le grand jour est arrivé, elle est surprise par sa réaction. Elle croyait qu'elle serait remplie d'excitation et de fébrilité, mais elle n'éprouve que de l'appréhension.

Elle ne peut pas se débarrasser de la crainte que Stéphane ne lui pardonnera pas de le battre devant ses camarades, sa famille, tout le monde!

Elle est si mal à l'aise que, depuis le début du tournoi, elle évite d'accompagner Stéphane à l'école. Elle ne lui a donné aucune explication. Chaque matin, quand il est venu la chercher comme à son habitude, elle s'est cachée dans la tour jusqu'à ce qu'il abandonne. Elle a attendu son départ pour courir toute seule jusqu'à l'école. Heureusement que Stéphane déteste les hauteurs. Il n'oserait jamais grimper en haut de la tour pour vérifier si elle y est.

Chaque après-midi, à la fin des cours, elle s'est précipitée à la bibliothèque, d'où on peut observer le pont-levis par les fenêtres à carreaux. C'est l'endroit où ils se rencontrent habituellement. Cela la rendait triste de voir Stéphane l'attendre patiemment, jetant des coups d'œil au cadran solaire, avant de retourner seul à la maison. « Il veut seulement se vanter, se disait la jeune fille pour se consoler. Ça lui servira de leçon. Il finira bien par comprendre! » Mais elle était rongée par le doute.

« J'avais imaginé cette journée comme la plus belle de ma vie, se dit-elle à présent, pendant que Vertu hennit doucement. Et si c'était l'une des plus mauvaises? »

Elle est si perdue dans ses pensées qu'elle n'entend pas la trompette qui signale le début des épreuves. Un cavalier lui donne un petit coup de lance.

— Prépare-toi, c'est bientôt ton tour, dit-il d'une voix rauque.

Raiponce sursaute. Elle reconnaîtrait cette voix entre mille : c'est Stéphane!

— Je sais, je sais, répond-elle de sa voix la plus grave.

Un écuyer vient prendre Vertu par les rênes pour la conduire à la ligne de départ.

Raiponce lève sa lance au moment où le drapeau s'abaisse. En un éclair, Vertu s'élance comme une flèche vers l'adversaire.

Raiponce a seulement une seconde pour établir sa stratégie. Son opposant est grand et semble à l'aise sur sa selle. Toutefois, il est légèrement incliné vers l'arrière, et elle parviendra peut-être à le renverser si elle réussit à le frapper juste au bon...

Paf! La lance de la jeune fille percute le haut du plastron du chevalier. Il est projeté par-dessus la croupe de sa monture et atterrit sur le sol. Pendant un moment, il agite les bras dans la boue avant de parvenir à se relever. Puis, la tête basse, il conduit son cheval hors de la piste.

Raiponce se dirige lentement au bout du terrain sur sa monture.

— Tu as bien galopé, comme d'habitude, dit-elle à Vertu en flattant son encolure humide. Tu portes bien ton nom : tu as décidément toutes les vertus!

Comme il ne reste que quelques concurrents, il n'y a pas beaucoup d'intervalles entre les joutes. À peine arrivée à l'extrémité du terrain, Raiponce doit se préparer de nouveau à combattre. Cette fois, elle tente de ne pas penser à Stéphane. Quand le drapeau s'abaisse, sa lance est prête, mais elle a l'esprit ailleurs. Elle revoit encore son dernier adversaire lever les yeux vers elle, étalé sur le sol boueux.

Vertu part au galop de son propre chef. Raiponce s'oblige à se concentrer sur le combat, mais elle est distraite par le vent dans ses oreilles. N'a-t-elle pas entendu ses amies crier son nom?

Lorsque Vertu et l'autre cheval se croisent, Raiponce reçoit un coup violent au milieu de son plastron. L'un de ses pieds quitte l'étrier, et elle s'efforce désespérément

101

de demeurer en selle. Faisant tourner Vertu vers la droite, elle se retourne juste à temps pour voir la lance de son adversaire fondre sur elle une deuxième fois. Elle se baisse instinctivement, tout en dardant sa propre lance vers la hanche de son opposant. Un instant plus tard, il dégringole sur le sol.

Le cœur de Raiponce bat la chamade. Elle a presque été désarçonnée!

« Tu dois vraiment te concentrer, se dit-elle. Tu n'auras pas d'autre chance! »

La jeune fille tente de se ressaisir tout en repartant avec Vertu à l'extrémité du terrain. Ça y est. Elle est parvenue à l'épreuve finale. Il ne reste que deux concurrents et une seule joute. Le moment qu'elle attendait est arrivé. Comme prévu, ce sera Raiponce contre Stéphane. Et elle se sent... malade. Ce moment est encore plus marquant et important qu'elle ne l'aurait cru. Elle a la tête qui tourne. Elle résiste à l'envie d'arracher son heaume pour prendre quelques goulées d'air frais. Elle tourne le dos à la piste pour s'éclaircir les idées.

« Tu t'es entraînée en vue de ce moment, se dit-elle. Tu dois terminer ce que tu as commencé. »

Le dos bien droit sur sa selle, Raiponce se tourne pour faire face à son ultime adversaire. En apercevant la silhouette familière de Stéphane sur son cheval, elle voudrait retirer son casque et lui faire signe en souriant, comme si ce tournoi n'était qu'un de leurs jeux d'autrefois, quand ils s'amusaient à combattre dans les bois. Elle pourrait le laisser gagner et ne jamais révéler son identité. Elle pourrait s'éloigner sans mot dire, et il ne saurait jamais rien. Mais une partie d'elle-même souhaite autre chose : l'occasion de faire ses preuves une fois pour toutes. Pour cela, elle doit garder son secret encore quelques minutes.

— Doucement, Vertu, dit-elle en tapotant l'encolure de la jument pour la rassurer.

Elle se redresse sur sa selle. Voilà, elle n'a plus qu'à faire de son mieux.

Le drapeau s'est abaissé, et les deux chevaux s'élancent à toute allure. Raiponce garde les yeux fixés sur Stéphane en galopant vers lui. Stéphane se penche légèrement en avant. Il n'a pas l'air de vouloir lui rendre la partie facile! Elle devine qu'il va frapper le coin gauche supérieur de son bouclier, comme elle le lui a enseigné. Il n'a sûrement aucune idée de l'identité de son opposant. Une fraction de seconde avant la collision, Raiponce pivote et assène un coup violent sur le côté le plus éloigné du bouclier de Stéphane. Elle l'entend pousser une exclamation de surprise quand il tombe de sa monture. Des acclamations assourdissantes s'élèvent dans les gradins.

Stéphane se relève et s'incline sans aucune trace de déception ou d'humiliation.

— Je capitule devant le vainqueur! annonce-t-il à la foule en délire.

Raiponce se méfie aussitôt. Stéphane accepterait-il sa défaite de bonne grâce? Ce genre de comportement princier lui ressemblerait bien. Ou bien a-t-il deviné son identité et fait exprès de perdre, sachant qu'il affrontait une fille?

Chapitre 17

L'heure de vérité

Les trompettes résonnent et la foule applaudit à tout rompre. Raiponce baisse les yeux vers Stéphane, le cœur battant. Est-ce qu'il sait qui elle est? Sinon, va-t-il être furieux en l'apprenant?

Plusieurs écuyers vêtus de velours se hâtent vers eux. Quatre d'entre eux transportent une petite plate-forme de bois sculpté. Deux autres sont chargés d'un tapis rouge enroulé. Enfin, trois autres apportent un dais violet et doré agrémenté de bannières de soie. En quelques secondes, ils créent un podium digne d'un prince. Ou d'une princesse.

Aussitôt que le tapis rouge est déroulé, un officiel de l'École de charme vêtu d'une cape de velours et de souliers à boucles dorées monte sur le podium. Deux écuyers vêtus d'or s'agenouillent devant Raiponce, les bras tendus.

Le cœur de la jeune fille bat à tout rompre. Elle a gagné le tournoi! Oubliant momentanément Stéphane, Raiponce passe la jambe par-dessus sa selle et saute gracieusement sur le sol. Elle regarde les écuyers, puis la foule dans les gradins. Tous les élèves et enseignants de l'École de charme et de l'École des princesses sont debout pour l'applaudir. Les Chemises l'acclament à tue-tête. Trois princesses agitent la main et se sautent au cou de manière très peu digne. Raiponce sait que Cendrillon, Rose et Blanche sont aussi heureuses qu'elle. Elle est sur le point de faire une révérence, quand elle se souvient qu'elle est un chevalier. Elle s'incline donc profondément.

Avant qu'elle puisse se redresser, les écuyers lui retirent son heaume. Elle voudrait les arrêter, de peur que tout le monde ne lui en veuille, qu'on ne la renvoie de l'école... Mais elle sait que son identité doit être révélée au grand jour. Elle les laisse donc soulever son casque et libérer son incroyable torsade de cheveux acajou.

Les trompettistes cessent de jouer. Les acclamations s'évanouissent et le terrain est plongé dans le silence. Seul l'officiel aux souliers à boucles dorées marmonne des paroles inintelligibles.

Raiponce lève les yeux vers les gradins. Les garçons de l'École de charme la contemplent, bouche bée. Mme Garabaldi semble sur le point d'exploser. Quant à dame Bathilde, elle remue sur son siège d'un air embarrassé. Même Rose, Blanche et Cendrillon semblent inquiètes.

Auprès d'elle, Stéphane retire son propre heaume et la fixe des yeux.

— Raiponce? dit-il d'une voix rauque.

La jeune fille sourit faiblement.

— Stéphane, je peux tout t'expliquer...

Soudain, le silence est brisé par une ovation tonitruante. Les Chemises crient à qui mieux mieux, abandonnant tout maintien royal. Elles lancent des fleurs sur la piste et trépignent d'excitation dans leurs délicates pantoufles. Bientôt, les princes de l'École de charme se joignent à elles, poussant des cris et tapant des pieds. Bien que surpris, ils ont l'air contents de la tournure des événements.

Raiponce observe le visage de Stéphane pour tenter de deviner ce qu'il éprouve. Mais son expression ne révèle rien. Elle le voit se tourner vers les gradins, où se trouvent sa famille et ses amis.

— Quelqu'un devait battre les Charmant, murmure-t-il. Je croyais simplement que ce serait moi, ajoute-t-il en jetant un regard entendu à Raiponce, avant de lui adresser un grand sourire. Je dois admettre que tu montes très bien et que tu manies la lance avec adresse. Et tes nouvelles manœuvres sont très efficaces!

Raiponce est soulagée. Stéphane n'est pas fâché! De plus, il est vraiment surpris : il ne savait pas que c'était elle. Maintenant, elle peut savourer sa victoire sans amertume.

L'officiel se ressaisit et s'éclaircit la gorge.

— L'accès illimité aux écuries de Pigastrelle sera accordé à... Quel est votre nom, mademoiselle? demande-t-il à la jeune fille.

107

— Raiponce Roquette, Chemise de l'École des princesses! déclare-t-elle avec fierté.

— ...à Raiponce Roquette et à la classe des Chemises de l'École des princesses, conclut-il d'un ton peu convaincu.

Il tend une main hésitante vers la clé dorée qui pend à un ruban violet autour de son cou. Au lieu de soulever le ruban au-dessus de sa tête, il tripote la clé, peu désireux de s'en séparer. Raiponce se demande si elle finira par avoir son prix.

Dame Bathilde apparaît soudain à leurs côtés.

— Monsieur Turenne, dit-elle d'une voix douce.

M. Turenne laisse tomber la clé et fait un pas en avant.

— Madame, ceci est parfaitement inhabituel, dit-il. Et tout à fait scandaleux!

Raiponce a envie de taper du pied. Scandaleux? Elle a gagné un combat tout à fait loyal!

Dame Bathilde jette un coup d'œil à la jeune fille.

— Laissez-moi vous assurer, cher monsieur, que ceci n'a jamais été autorisé par notre école ou notre administration. Je vous suis très reconnaissante de votre compréhension et de votre bienveillance. C'est très généreux à vous de permettre à l'École des princesses de prendre part à votre illustre tournoi. Bien entendu, la prochaine fois que nous voudrons inscrire une concurrente de l'École des princesses à votre tournoi, nous vous présenterons une requête au préalable.

Raiponce baisse humblement les yeux. Même si elle

108

détecte un brin de fierté dans la voix de la directrice, elle a mauvaise conscience de l'avoir mise dans cette situation. Heureusement, Dame Bathilde est respectée par l'ensemble du royaume. Si quelqu'un peut arranger l'affaire, c'est bien elle.

— Bien sûr, bien sûr, répond M. Turenne. Comme vous le savez, la galanterie est notre plus grande priorité, à l'École de charme, ajoute-t-il avec un sourire.

Il porte la main à la clé, l'enlève de son cou et la passe au cou de Raiponce.

Une fois de plus, la foule pousse des acclamations et les trompettes retentissent. Raiponce fait la révérence en direction des gradins. Elle se penche pour ramasser l'une des fleurs qui jonchent la piste. Quand elle se relève, ses amies et ses camarades sont autour d'elle et la serrent dans leurs bras.

— Tu as réussi! s'écrie Cendrillon en trépignant de joie.

— Je savais que tu gagnerais! lance Rose en lui enlevant son gantelet pour lui serrer la main.

— C'est grâce à votre aide, dit Raiponce en regardant ses amies tour à tour. Et toi, Blanche, comment vas-tu aujourd'hui?

— Merveilleusement bien! répond Blanche avec un sourire radieux. J'ai dormi comme une souche la nuit dernière. J'ai même rêvé de mon père! Et maintenant, je vais pouvoir rencontrer toutes ces superbes bêtes de l'écurie de Pigastrelle!

— Hé, laissez passer le second au classement! dit

Stéphane en se frayant un chemin jusqu'à Raiponce.

— Stéphane! s'écrie la jeune fille en lui jetant les bras autour du cou. Tu es vraiment bon joueur! Je suis désolée de ne pas t'avoir accompagné à l'école. C'était trop difficile d'avoir des secrets, avec toi.

— Quels secrets? réplique le garçon en feignant la surprise. J'ai toujours su que c'était toi!

Pat apparaît derrière lui en secouant la tête avec véhémence.

— Non, tu ne le savais pas! déclare-t-il. Tu n'aurais pas été aussi sûr de toi si tu l'avais su!

Les joues de Stéphane deviennent aussi roses que la robe de Rose.

— Eh bien... commence-t-il. Je n'étais peut-être pas *certain* que c'était toi. Mais j'avais des doutes.

Raiponce sourit et lui donne une tape dans le dos.

— En tout cas, moi, je savais que mon adversaire était mon bon vieux Stéphane! C'est pourquoi j'y suis allée doucement avec toi!

Les auteures

Jane B. Mason a grandi à Duluth, au Minnesota, où une tour de pierre circulaire s'élève au sommet d'une colline. (Heureusement, elle n'a jamais été emprisonnée à l'intérieur.) Elle a une mère très stricte et trois sœurs plus âgées qui l'ont obligée à faire sa part de corvées, mais n'ont jamais tenté de l'empêcher d'aller danser.

Sarah Hines Stephens a grandi à Twain Harte, en Californie, où elle attrapait des grenouilles dans les bois, sans toutefois jamais les embrasser. Elle ne peut pas communiquer avec les oiseaux et n'est pas de sang royal, mais son nom signifie « princesse ». Après avoir fréquenté un ou deux crapauds, elle a fini par épouser son prince charmant.

Sarah et Jane mènent une vie enchanteresse à Oakland, en Californie. Elles sont très amies et adorent écrire ensemble. Leurs autres livres comprennent : *Dans ses petits souliers*, *Tour de magie*, *Miroir... Miroir...?* et *Belle sort ses griffes*, de la collection *L'École des princesses*. À elles deux, Sarah et Jane ont deux maris, cinq enfants, trois chiens, un chat et une chenille appelée Bob.

L'École des princesses

La prochaine aventure
de Cendrillon, Blanche, Raiponce
et Rose paraîtra sous peu!
Le père de Blanche est de retour,
mais ne semble pas s'être débarrassé
du sortilège qui l'accable : il ne reconnaît
pas sa propre fille! Avec l'aide de ses amies,
Blanche va tout mettre en œuvre pour
aider son père à se remémorer le passé…
et ira même jusqu'à s'infiltrer dans un lieu
qu'elle redoute plus que tout : le château
ensorcelé où Malodora, sa belle-mère,
cache le terrible miroir magique.